唐诗小札

今天我们怎么读唐诗

上

刘逸生/著

廣東旅游出版社
GUANGDONG TRAVEL & TOURISM PRESS
悦读书·悦旅行·悦享人生
中国·广州

唐·张暄《捣练图》

唐·周昉《簪花仕女图》

唐诗诗风发展的四个时期

唐代是我国诗歌发展的黄金时代。诗歌到了唐代，体裁完备，有古诗、律诗、绝句，等等；风格也分为了四个时期：初唐、盛唐、中唐和晚唐。明代的高棅在《唐诗品汇·凡例》中说："大略以初唐为正始，盛唐为正宗、大家、名家、羽翼，中唐为接武，晚唐为正变、余响，方外异人等诗为旁流。"

初唐时期（618—713）

初唐时期的文学艺术是处于政治化时代的，以宫廷为中心、以贵族为主体、以颂美王政为指归。比较鲜明的代表，如绘画：《步辇图》《职贡图》《凌烟阁功臣二十四人图》等（阎立本、阎立德）；乐舞：《秦王破阵乐》《功臣庆善乐之曲》；书法：《九成宫醴泉铭》（魏徵撰）。初唐时期是唐诗的准备时期，诗歌尚受六朝绮丽诗风影响，并逐渐完善了近体诗之格律。律诗体制渐次完成，格式固定下来，五七言绝句地位亦得提高。

诗风

一派以王勃等为代表继承六朝风格，诗风婉丽优美；另一派以陈子昂为代表，倡导革新，反对六朝文风，追求汉魏风骨。

代表诗人

王勃、陈子昂、张若虚、沈佺期、杜审言、骆宾王、卢照邻、宋之问等。

盛唐时期（713—766）

盛唐时期，唐王朝走向了它生命中的最高峰，然而安史之乱，让这个美好帝国的梦想逐渐破碎。这时文学艺术的题材从宫廷走向民间，艺术品位由贵族的典雅趋向平民的通俗。这时期的代表，如绘画：题材大大丰富，既有金碧辉煌的壁画，也有雄放自由的山水画；乐舞：胡乐、法曲、散乐盛行，著名的有《霓裳羽衣曲》；书法：张旭、怀素劲逸的狂草取代了此前的行草。盛唐是唐诗的成熟时代，政治安定和社会繁荣，奠定了盛唐的坚实基础，再经初唐的准备时期，诗歌创作进入成熟期，“过去那种由宫廷侍从型文人集团主持诗坛的局面，为各种松散的才子型诗人群体间的争奇斗妍所取代；诗歌创作‘既多兴象，复备风骨’，并形成不同的风格群体，创造出各种诗歌之美”。（袁行霈《中国文学史》）

诗风

“初唐以来讲究声律辞藻的近体，与抒写慷慨情怀的古体汇而为一，诗人作诗笔参造化，韵律与抒情相辅相成，气协律而出，情因韵而显，如殷璠所说的‘神来气来、情来’，达到了声律风骨兼备的完美境界。这成为盛唐诗风形成的标志。”风格多样，既有诗风恬静清朴的山水田园派；也有诗风奔放雄伟，富于浪漫气质，以气象雄浑见长的边塞派；还有沉郁顿挫，趋向现实主义，反映社会生活的诗歌。

代表诗人

李白、杜甫、王维、孟浩然、王昌龄、高適、张九龄、岑参、王之涣等。

中唐时期
（766—836）

中唐时期，大唐帝国虽有中兴，却再难恢复盛唐容光。与之相反的是，“在这一时期，出现了文坛艺苑的百花齐放。它不像盛唐之音那么雄豪刚健、光芒耀眼，却更为五颜六色、多彩多姿”（李泽厚）。绘画上，花鸟、鞍马、畜兽题材的绘画在中唐时期可谓成就巨大、名家辈出、佳作迭现。中唐书法法度气势兼备。诗歌上对战乱与民生的揭露，感伤乱离。“中唐”是唐诗的转折时代，主要文学特征为浪漫主义精神衰退，现实主义进一步发展和成熟。新乐府运动成为主要潮流，诗歌题材写实，用新乐府广泛描写社会现况，扩大社会文学范围，认真汲取过去诗经和乐府歌辞中的创作方法，提高作品的思想性和艺术性。

诗风

以婉弱为中心，既有继承韩愈的奇险风格的李贺，也有崇尚辞藻华丽，格律工整的杜牧和李商隐。

代表诗人

张籍、王建、元稹、白居易、韩愈、李贺、柳宗元、“大历十才子”、贾岛、杜牧等。

晚唐时期
（836—907）

晚唐时期，大唐帝国已经日薄西山，宦官专权、藩镇割据、牛李党争。乱世之中，宗教的兴盛催生了晚唐道释画的勃兴。随着国势渐衰，书法也没有初唐、盛唐兴盛，但也出现了一些书法家，如杜牧、高闲、裴休等。怀古咏史诗的数量大增，诗中充满了忧国忧民的情调。

诗风

感伤沉郁的主调，绮艳幽密的情怀，清丽工整的语式，思远韵永的风神。

代表诗人

韦庄、李商隐、温庭筠、罗隐、陆龟蒙等。

唐·佚名《八十七神仙卷》（局部）

唐·阎立本《步辇图》局部

传统文化的引路人
——我读爷爷的《小札》系列

刘再行

我有一位师长，在一次攀谈中听说我的爷爷就是刘逸生老先生时，很是感慨，他对我说，他是读了《唐诗小札》之后才懂得如何欣赏古诗的。我确信在比我年长二十岁那一辈人之中，《小札》系列是很有一些影响力的。据说《唐诗小札》在1961年首次出版的时候，广州新华书店的门前竟出现排队购买的盛况。斗转星移，从上世纪60年代到现在已经过去50多年了，社会生活也发生了巨大变化，但这两本书仍然长盛不衰，被多家出版社一再出版，至今已经发行了100万册以上，成为公认的经典读物。

听我这样说来，各位读者可能会问：这是两本什么书啊？它到底是讲什么的？为什么对读者有这么大的魅力？下面且让我逐一道来。

先介绍书的作者刘逸生老先生，也就是我的爷爷。他出生于20世纪之初，幼年时因父亲亡故，家境贫苦，小学尚未毕业便被迫离家独自谋生。但他始终保持着强烈的求知欲，后来进入香港一家报馆做杂工，一有空闲便翻开桌子上仅有的一部《辞源》学习，结果竟靠这些自学的知识当上了《星岛日报》的校对。校对职位虽不高，却是爷爷一生从事新闻工作开端。从此更是苦学不辍，虽然身处社会动荡的年代，但仍然靠着惊人的毅力，成为一位才识兼具的报人。解放后他回到国内，先是在《南方日报》社工作，后又参与《羊城晚报》的创刊，是《羊城晚报》的开办元老之一。《唐诗小札》就是《羊城晚报》《晚会》版上开设的一个连载栏目，每期评点一首唐诗，意在为广大读者普及一些古典诗词知识，因而力求写得深入浅出，活泼有趣。可能连爷爷也始料不及，这个栏目推出之后，大受读者欢迎。后来便将文章集结成书，付梓出版，后来应读者的期待，又把赏析的范围扩大到宋词，于是便有了如今的《唐诗小札》与《宋词小札》。

“开拓中见严谨、渊博中见轻灵”，是中山大学黄天骥教授对这两本书所开创的“小札体”的评价，我觉得很是确切。两本集子中共计有近200篇文章，每篇文章对应解释一首诗或词。作者既具备对古典诗词的深切理解，又有长期从事报纸副刊编撰的灵动亲切的文笔，这两种长处恰是单纯从事研究的专家，或专门撰写通俗小品的作者往往不能兼具的，因而使《唐诗小札》与《宋词小札》得以在众多同类赏析性读物中脱颖而出，显得既有学术的精准度，又有丰富的趣味性与可读性。当我们随着作者的指引，听着他妙趣横生、引人入胜的款款而谈，不知不觉中便进入古代诗人们所营造的美妙意境之中，同时也轻松越过那些曾经觉得艰深晦涩的坎坎坑坑，在古典诗词的大观园中来一番令人心旷神怡的畅游。又特别难得的是，《小札》中的每篇文章都能做到“因诗制宜”，选取不同的切入点娓娓道来，十数篇文章读下来竟能让读者不生雷同之感，如果没有渊博的学识和高超的写作技巧是无法办到的。

爷爷在《唐诗小札》的后记中有这样一段陈述：“唐代诗歌到今天也没有丧失它的生命力，放在世界文化宝库中，同历史上最优秀的人类文化创造相比，它也毫不逊色。”我相信，读懂古典诗歌、学会欣赏古典诗歌对于现代人来说仍然有着重要的意义，因为这些作品记录了古代生活的方方面面，体现了中国传统的世界观、价值观和人生观乃至审美理想，是我们了解传统文化的一条捷径。而时至今日，这也是提高文化自信的题中应有之义。能让更多原来觉得唐诗宋词过于艰深的读者朋友能够爱上古诗词，亦本是《小札》系列的初衷。虽然《小札》系列成书已经跨越了半个世纪，但我想这两本书仍然发挥着引路的作用，带领着我们这些新一代的年青人，去窥探中华传统文化知识的璀璨宝库。

2018年11月3日于广州寓庐

[目录]

岑参

李白

杜甫

王勃

649或650—676年，唐代文学家，字子安，绛州龙门（今山西河津）人。王勃是『初唐四杰』之一，诗风清新流利，一扫宫体诗的萎靡。

送杜少府之任蜀川[1]

城阙辅三秦，风烟望五津。
与君离别意，同是宦游人。
海内存知己，天涯若比邻。
无为在歧路，儿女共沾巾。

[1] 少府——唐代县尉的通称。之任——上任。蜀川——泛指蜀地。

初唐四杰——王勃、杨炯、卢照邻、骆宾王在中国文学史上是有一定地位的。他们虽然还不能完全摆脱六朝竞尚浮华的文风，但是却不肯随风而靡，像上官仪之流的只在“宫体诗”的泥潭中打滚。他们敢于用自己的创作实践，反对当时贵族宫廷文学的没落倾向，给诗坛带来一股清新健康的空气。虽然成就并不特别巨大，却正如黑夜中初现的一线曙光，依然值得人们珍视。

王勃这首五律所以为后代的读者所注意，正是由于它无论在思想内容上或文字风格上，都是和统治当时诗坛的贵族宫廷文学处于相反的一面。众所周知，贵族宫廷文学——在诗歌上则以“宫体诗”为代表——都是一些失掉生命的尸体，它们除了竭力借助于金碧辉煌而又庸俗不堪的外表之外，已经再没有别的出路了。然而由于它们还占着统治地位，要打破它是需要有先驱者的勇气和付出艰苦的创作劳动的。王、杨、卢、骆已经开始尝试着探索新的道路。像王勃的这一首诗，就是通过创作实践向它们做出了否定的一例。（当然，同一时期还有其他的类似作品，这里只是举例。）

这首诗从思想内容看，歌颂了人间真挚的友情之可贵，说明这种友谊并不会因为形迹疏远而减弱，诗里洋溢着真实的、深挚的感情，对于那些意识低下、感情虚伪的宫廷作家和宫廷文学来说，客观上起了揭露和排斥的作用。从文字风格上看，则是壮阔开朗，朴实严整，使人自然地觉得它有一种健康壮实的艺术上的美。

本来，从格律来说，王勃这首五律还不是定型了的。律诗八句，开头两句，一般不讲对仗，而三、四两句却非要讲求对仗不可。这一首诗却正好相反，开头一联使用了严整的对仗，三、四两句却又不然。这是因为在初唐，“近体诗”的格律还没有定型化（从唐代开始，称律诗、绝诗为近体诗），作者们还在探索的缘故；不过，可以看出它已出现一个雏形。例如这首诗虽然在对仗上面还有参差，而平仄、押韵和“粘”[①]的运用都是标准的“近体诗”，便是证明。[②]

读这首诗，先要看诗人怎样落笔。他一开头使用了严整的对仗，是有道理的。“城阙辅三秦”，点出送别的地点；“风烟望五津”[③]，再点一句行人要去的地方。先交代出送友人去蜀川的主题，使它眉目清楚。这是第一点。其次，一句写“三秦”，用“城阙”来显示长安的一派气势；一句写“五津”，又用“风烟”来显示远处的满眼迷蒙。这样，就传神地摹画出两个朋友恋恋不舍，时而仰头看着长安城阙，时而翘首远方想象蜀川的神态。所以这两句又不限于交代一下地点，而且还带出了人物分手时的神情动作。

“与君离别意，同是宦游人”这两句承上而来，是诗人先用一种理由去安慰他的朋友。那意思是说，你为了做官的缘故，远去蜀川；我也是为了做官来到长安，同属“宦游”之身。远离乡土作客他方的感触，彼此都是一样的。这是用两人处境相同、情感一致来安慰朋友，借以减轻他孤身远行所引起的悲愁情绪。

转入五、六两句，诗人再进一步申明自己的看法——“海内存知己，天涯若比邻”这十个字应该做一句读。意思说，朋友分手，固然不免黯然神伤；可是一想到在自己的生活中仍然有个知己，而知己是决不会因为形迹的疏远而使感情从此淡薄的。那么，即使彼此分隔在天涯海角，从思想感情的交融来说，还不是和隔邻相处一样么！

于是在结联里，诗人奉劝他的朋友："无为在歧路，儿女④共沾巾。"在临别的时候，像情感脆弱的孩子那样哭着是没有必要的。

整首诗写出了两人友情的真挚不移，并且还表露了诗人胸怀浩阔，自有远大的志向，不肯做儿女之态。这样来劝勉远行的人，自然会使他精神开朗，意气高昂，慷慨而别，鼓舞而去。这样的送别诗，自然显出气象壮阔，不落俗套。无怪它能够成为历代传诵的名作。

①律诗上联的对句和下联的出句，平仄要靠近，这叫"粘"。如七律第二句若是仄仄平平仄仄平，则第三句须是仄仄平平平仄仄。

②到宋代，有些诗人喜欢弄些"破格"的律诗。例如一、二两句对仗，三、四两句反而不对仗，他们就称之为"偷春格"。意说有如梅花的先春而开。

③"城阙辅三秦"，意思是长安城宫阙嵯峨，险要的"三秦"从四面卫护着它。"三秦"相当于现在陕西省中部和北部一带地方。"风烟望五津"中"五津"指白华津、万里津、江首津、涉头津、江南津，都是四川省岷江上的津口。这里用来代表杜少府要去的蜀川。

④儿女——《后汉书来歙传》："故呼巨卿，欲相属以军事，而反效儿女子涕泣乎！"儿女子是指情感脆弱的孩子。有人认为此诗"儿女"是指青年男女。因青年男女之间的爱恋私情，别离时总不免哭泣。今按，青年恋人临歧分手固然不免哭泣，但临歧分手的"儿女"，也应包括姊弟、兄妹等在内，他们分手时同样会哭泣。弟妹也不一定已成为青年。追溯此词的源头，还是以泛指情感脆弱的孩子较妥。

陈子昂

661—702年，字伯玉，梓州射洪（今属四川）人。开耀进士，拜麟台正字，转右拾遗。其诗标举汉魏风骨，强调兴寄，反对柔靡之风。其是唐代诗歌革新的先驱，对唐诗发展颇有影响。有《陈伯玉集》。

酬晖上人秋夜山亭有赠

皎皎白林秋，微微翠山静。

禅居[1]感物变，独坐开轩屏[2]。

风泉夜声杂，月露宵光冷。

多谢[3]忘机人，尘忧未能整[4]。

[1]禅居——僧房。

[2]轩屏——这里作门扇解。屏读上声。

[3]多谢——与一般的多谢不同，是作者的谦辞，惭愧的意思。

[4]整——原意是整治，这里作扫除解。

陈子昂，唐代第一个在理论上提倡“汉魏风骨”①，反对齐梁以来的萎靡诗风的杰出诗人。他不仅在理论上而且在实践上和当时的“宫体诗”逆流进行了斗争，在唐代灿烂的诗歌发展史上起了重要的先驱作用。他不仅是一位诗人，而且是一位有抱负、有才能的爱国忧时的人物，胸中一股发愤报国、不甘下游的雄心壮志，时常从他的笔底流露出来，可惜他一生始终受到排斥和打击，无从施展抱负。

在陈子昂现存的诗篇中，《感遇》三十八首自然是他的重要作品。在这些篇章里，作者比较直接地抒述了自己对许多问题的想法和看法。这对于研究陈子昂来说，自然是很重要的材料；可是，就其他一些看来不大重要的诗篇上，在作者偶然透露的思想闪光中，也未尝不可以看出作者对社会、对人生的基本态度，并且不失为评价作者生平为人的参考材料。这里选取他的《酬晖上人秋夜山亭有赠》，就是从这个角度出发，并且借此窥看作者在抒情小诗中的艺术造诣。

诗是酬答一位叫晖的和尚而写的。晖和尚赠给他一首诗，大抵写的是秋夜山亭的景色（诗已失存）。诗人于是回答了一首。看来那时候诗人也是住在僧寺里面。

开头两句便已是一幅很美的秋夜景色。“皎皎白林”，写出寒林的萧瑟以及它在月光照射之下反映出来的一片皓白。再用“秋”字点出节令。——这是画图中的近景。第二句“微微翠山”则是画图中的远景了。因为是在月光底下，所以远山才显得轮廓朦胧，看上去不十分真切，所以句中下了“微微”二字。最后一个“静”字，又不仅表达出远山之神，而且还烘托出夜里的气氛。这两句写山中的秋夜，写秋夜有月，形象幽美，耐人体味。

三、四两句转到自己身上。自己住在山寺里，看见满眼秋色，感到节气已经变换了。但第三句包含的感情内容并不如此简单。从整首诗来看，可以体会出诗人由于景物的变化，产生了许多感想。因为想得很多，心情有点烦乱，后来索性打开门扇，独个儿坐在那里，呆呆地看，呆呆地想。第四句的“独坐开轩屏”，便是在这种烦乱的感想底下，像有目的又像没有目的的一种行动。

进入五、六句，又是一种境界。它看来还是写景，不过，已经更多地渗进了诗人的主观感情在内。上面说过，诗人开门独坐，目的并不在于欣赏眼前的景色，所以这时候，耳畔的风声和泉声，忽起忽落，有时两种声响又交织成一片，很杂乱，听起来就仿佛同自己心里的思潮混合在一起，很不容易分别开来。至于满地的月色和草上的露珠，又朦胧，又闪烁，看上去使人平添一股寒意。这寒意，在诗人心上也特别感受得敏锐。这些，都和诗人无可奈何的隐居生活所带来的复杂心情有一定程度的应和。所以说，这两句写景是更多地带有诗人主观方面的色彩，同开头两句写景并不完全一样。

正因为自己虽然僻处山中，仍然未能忘怀世事，对于晖和尚在诗中表露的“忘机”（淡然忘情，与世无争）的襟抱，就有不同的看法。诗人最后这样说：“多谢忘机人，尘忧未能整。”由于自己未能扫除作为尘世中人的种种忧虑，读了晖和尚的佳作，只好感到惭愧了。点出了酬答的意思，也表示了自己不同的态度。

从上文的分析可以看出，诗人虽然幽居山中，并且也和一些方外的人往还，可是，这颗心却没有因此就变得宁静，许多所谓“尘忧”（包括对于国家的、社会的和个人身世的种种想念）仍然盘绕胸际，摆脱不开。因此就在一首酬和的诗中，也不期而然地闪露了出来。这是一种热爱社会、热爱生活的积极入世的态度，应该值得肯定。

这首诗在艺术处理上也有相当高的技巧。写景的精练，造句的秀整，以及情景的穿插、融汇，比起后来的盛唐名家，并不见得逊色。诗人在创作实践上力追“汉魏风骨”所取得的成就，从这首诗也可以窥见一斑。

①汉魏风骨——指汉末三国时期的一种刚健清新的诗风。这个时期许多作品都具有反映社会现实的内容和真实的思想感情。

登幽州台歌

前不见古人，后不见来者。
念天地之悠悠，独怆然而涕下。

提起陈子昂，人们自然会想起他这首《登幽州台歌》。你看诗人那种百感茫茫的复杂心情，那种伤时感遇的沉郁情调，那种俯视一世的孤高抱负，都从寥寥四句中喷薄而出，何等深沉，何等悲壮！再三吟诵，仿如在白茅萧萧、天低云暗的旷野，听到嗷然长吟的画角；仿如在阵云深拥、万幕不哗的战地，听到骏马的几声悲鸣；也仿如在深山穷谷，踽踽独行，忽闻万木怒鸣，千林振响。此中是悲是愤？是爱是恨？是激烈还是低回？是狂歌还是痛哭？纠结缠绵，很难分解。但觉四句之中，触绪无端，既不知从何而来，亦不知从何而去；忧怀杂沓，既不知何由而起，亦不知何由而止；浑沦莽苍，竟不知是个人之感，时代之恸，还是摒尽今兹，压倒千古。

这四句诗很难演绎，也很难解说，诗人胸中包罗广阔，笔下弃尽町畦，无来无去，无首无尾。勉强解说，势必如混沌凿窍，七日而死[①]。然而我们必须知其时代背景，必须探其写作动机，尽力去接近它，才有可能设法去了解它。

这不是个人牢骚的迸发。在这短短的四句中，跳动着强烈的时代脉搏，反映出先驱者的苦闷与渴望。

陈子昂在二十九岁的时候，曾向武则天上过《答制问事八条》，主张减轻刑罚，任用贤才，延纳谏士，劝功赏勇，减轻徭役等，其中许多都是符合人民愿望的。但是事实说明，推行贤良政治并没有他想得那么简单。武则天当时忙于称帝改号，有她一套施政计划，对于这个文学小臣，当然不会重视。不久，他又因母丧去官（一说因为他上疏议论时政，武则天不喜欢他，因而罢职）。过了几年，再回到朝廷，却又因牵入“逆党”之事，陷在狱中。出狱后，在洛阳任右拾遗，到次年（万岁通天元年，公元696年）参加武攸宜的军事参谋。不料他一片为国的忠诚，反而招来了意外的打击，不能不使他十分愤慨。

当时，东北边境住着契丹族，此时势力虽然并不甚大，仍是边境上的潜在威胁。武则天时期，镇守东北的松漠总督李尽忠忽然叛变，朝廷派兵镇压。恰在此时，契丹乘机起兵南侵，攻陷幽州、冀州和营州。武则天派武攸宜北上抵敌。

武攸宜不谙军事，才一接仗，先锋王孝杰等全军覆没。陈子昂正在幕中参谋军事，曾向武进言，不纳；又请分军万人为前锋，以遏敌势，武亦不听。其后更将他降职处分。子昂满腔爱国热情，受到打击。有一次，他登上幽州台（唐幽州治蓟，故城在今北京市西南），放眼河山，忽发无穷感慨，便写下了这四句。

“前不见古人”，不是前无古人，而是我既不见古人，古人亦不及见我。“后不见来者”，也不是后无来者，而是后人我不及见，后人也不及见我。见我和我见的，本是这个时代，而偏偏在这个时代，既无古代英雄，亦无将来俊杰，沉迷惨淡，生气寂然，“天地悠悠”，人生有限，谁能免于“怆然涕下”？这正是纵临千载、旷视四海的有志之士的一段沉重的悲痛。

后来如清代的思想家和诗人龚自珍有诗云：

九州生气恃风雷，万马齐喑究可哀。

我劝天公重抖擞，不拘一格降人才。

千载遥遥，同怀此感，也不妨作为陈子昂此诗的印证。

唐初，以帝王提倡而风靡的“宫体诗”，承接齐梁余波，依旧弥漫在朝廷上下。眼看已经过了六七十年了。正如陈子昂在《修竹篇序》中指出的：

文章道弊五百年矣！汉、魏风骨，晋、宋莫传；然而文献有可征者。仆尝暇时观齐梁间诗，彩丽竞繁，而兴寄都绝，每以永叹思古人。常恐逶迤颓靡，风雅不作，以耿耿也。

这番话无异直斥当时朝廷上恶劣的诗风。他大声疾呼，要恢复“汉魏风骨”。也就是主张诗歌要有健康积极的内容，关心社会现实，抒发真实感情。他反对片面追求形式，唯美是尚。他表示要用自己的诗歌实践同后者进行不调和的斗争。

可是，当时的同调者实在没有多少人。

稍前于他的王（勃）杨（炯）卢（照邻）骆（宾王），根本没有提出自己的诗歌观点。卢、骆固然不曾完全摆脱齐梁余风，王、杨则一个早死，一个远宦（杨任盈川令，地在今四川筠连县境）。历史前进的脚步如此姗姗，还轮不到他们转移诗坛的风气。

那时诗坛上一伙把头式的人物，正是沈佺期、宋之问、李峤、苏味道、阎朝隐之流，他们都曾是宫廷幸臣，尽写些奉和应制，吟风弄月之作，以此作为献媚取宠的手段。

诗坛上这一片污浊，陈子昂也是十分愤慨的。

然而愤慨也罢，大声疾呼也罢，他不能不感到异常孤独。王维、李白、杜甫、高適、岑参这些盛唐诗坛上的支柱，那时还一个也不曾出生。“两间余一卒，荷戟独彷徨。”这种难堪的滋味，陈子昂先就深深地尝到了。

这也不能不使他发出“念天地之悠悠，独怆然而涕下”的悲痛之声。

然而，转机毕竟快来了。从开元年代开始，诗坛突然涌现一群灿烂的巨星，仿佛天空里的天狼、织女、大角、河鼓……全都聚集到一起来了。那时，陈子昂虽然已经寂寞地逝去，他的影子却依然存在，正如一颗曾经强烈爆发过的新星，在长空中永远留下作为印证历史的痕迹。

①这句话出自《庄子》，是个寓言。它说：南海的帝王名叫倏，北海的帝王名叫忽，中央的帝王名叫浑沌。倏和忽常常在浑沌的国土上会见，浑沌待他们很好。倏和忽商量报答浑沌的美意，说：“人都有七窍，用以看、听、饮食、呼吸，唯独他没有。我们试着给他凿开七窍。”一天凿一窍，到了第七天，浑沌就死了。

张若虚

约660—720年，扬州（治所在今江苏扬州）人。曾官兖州兵曹。以『文词俊秀』而『名扬于上京』，与贺知章、张旭、包融并称『吴中四士』。生平事迹不详。所作诗亦多散佚，《全唐诗》仅录存《代答闺梦还》《春江花月夜》两首。

春江花月夜

春江潮水连海平，海上明月共潮生。
滟滟随波千万里，何处春江无月明！
江流宛转绕芳甸，月照花林皆似霰；
空里流霜不觉飞，汀上白沙看不见。
江天一色无纤尘，皎皎空中孤月轮。
江畔何人初见月？江月何年初照人？
人生代代无穷已，江月年年望相似。
不知江月待何人，但见长江送流水。
白云一片去悠悠，青枫浦上不胜愁。
谁家今夜扁舟子？何处相思明月楼？
可怜楼上月徘徊，应照离人妆镜台。
玉户帘中卷不去，捣衣砧上拂还来。
此时相望不相闻，愿逐月华流照君。
鸿雁长飞光不度，鱼龙潜跃水成文。

昨夜闲潭梦落花，可怜春半不还家。

江水流春去欲尽，江潭落月复西斜。

斜月沉沉藏海雾，碣石潇湘无限路。

不知乘月几人归？落月摇情满江树。

闻一多先生曾经写过一篇《宫体诗的自赎》。其中一大段是谈张若虚这首《春江花月夜》的。有几句话值得在这里引用一下：

在这种诗面前，一切的赞叹是饶舌，几乎是渎亵。

这是诗中的诗，顶峰上的顶峰，从这边回头一望，连刘希夷都是过程了，不用说卢照邻和他的配角骆宾王，更是过程的过程。至于那一百年间梁陈隋唐四代宫廷所遗下的那分最黑暗的罪孽，有了《春江花月夜》这样一首宫体诗，不也就洗净了吗？向前替宫体诗赎清了百年的罪，因此，向后也就和另一个顶峰陈子昂分工合作，清除了盛唐的路——张若虚的功绩是无可估计的。

诗人毕竟是诗人。这些赞美的话未免洋溢过分带上夸张的色彩。夸张些本也不妨；但是，闻先生把这首诗径称之为“宫体诗”，并且是“宫体诗的自赎”，似乎就颇有商榷的余地。

《春江花月夜》这个题目，据说是创始于陈后主——也就是被称为“全无心肝”的那个陈叔宝。但他到底在这题目下写了些什么？因为诗已失传，我们无从知道。如今最早看见的是隋炀帝的两首，每首仅有五言四句，宛如五绝。再说曾与《春江花月夜》并提的陈后主的那首《玉树后庭花》，还没有失传，倒是七言诗，但只有六句。诗写得非常肉麻；隋炀帝那两首也好不了多少。它们当然都是“宫体诗”，但连形式都不是张若虚那种七言鸿篇巨制。

张若虚这首《春江花月夜》，虽然用的是同一个题目，是不是可以称之为“宫体诗”？我的看法是否定的。

宫体诗——以宫廷为中心的艳情诗，主要应该看它的内容。它是淫荡下流的，甚至有些是变态心理的表述。稍好些的也只有那么一点点形式的堆垛，勉强撑持着空虚与无聊的内容。

在形式上，宫体诗固然也多少吸收了齐梁以来讲求骈俪工整、追求谐律和声的某些成果，但这是非常次要的。至于研求声律者在诗学形式方面的探索及其进步作用，当然不能与宫体诗的出现混为一谈。

南北朝时期出现了大量民歌，它分成南北二支。北方民歌粗犷劲健，南方的则以婉转细腻、活泼姿媚见长，各有各的风格。而就内容来说，尽管我们所能见到的不过是十一之于千百，却明显可以看出它们同宫体诗正处在一个对立面上。

江南的山川气候和风土人情，影响着南方民歌的内容。从《乐府诗集·清商曲辞》所载的来看，大部分是情歌；它们又都带上南方水国的特有气息，同“健儿须快马，快马须健儿”“天苍苍，野茫茫，风吹草低见牛羊”的北方情调截然不同。

南方民歌还有“续续相生，连跗接萼，摇曳无穷，情味愈出”的形式美（沈德潜《古诗源·西洲曲》评语），而北方民歌是不兴这一套的。

寻源溯流，假如要探究张若虚《春江花月夜》之所以产生，我以为，与其说它是“宫体诗的自赎”，毋宁说，它既吸取了南朝民歌内容和风格上的长处，更发挥了齐梁以来讲求形式美的成就，它把这两者都加以丰富了；而又有意于清洗宫体诗的污浊——它和宫体诗的关系仅仅如此。

然而成就是巨大的。自从这首《春江花月夜》诞生以后，人们才算是获得了一个范本。这个范本证明，齐梁以来开始酝酿到唐初接近完成的新的格律，南方民歌色彩的风调，七言中以小组转韵结合长篇的技巧，这三者可以糅合得极其完美。虽然他提出的是范本中之一，但他其实已登上一个高峰了。我们应该同意闻一多的估价：他“和另一个顶峰陈子昂分工合作，清除了盛唐的路”。

这正是这首名作之所以受到人们特别重视的原因。

离人思妇哀怨思忆的内容，应该从历史的角度上去加以估量。尽管说，这首诗不可避免地暴露出诗人的伤感情绪。但是在封建社会里，离人思妇不正是大量存在的现实吗？而且正是大量出现在社会底层的男女之间。我们不能苛责诗人为什么要选择这样的题材。

现在，让我们先逐段逐段仔细欣赏一番，然后再研究它在形式方面有哪些与众不同的特点。

海，是广阔而浩荡的，潮水，也是广阔而浩荡的，因此，江水也是浩荡的。江和海已经分不开来，连成一片了。

跟随潮水涌起来的，是一轮又圆又大的月亮。它那光亮闪烁动荡，随着波浪的涨涌，闪烁动荡的幅度越展越阔，越阔越远，仿佛飘到无边无际的远处。

呵！在这美丽的春夜，哪一条江流没有你的光华在翻腾飞跃呢！

（这四句的最后七个字，是对以下整篇的内容先安顿了伏笔。）

江水曲折地绕着开满香花嫩草的土地，月亮照在这座花的林子上面，看上去就像缀满了一颗颗的雪珠。

月亮已经在高空升起了。整个天空一片白茫茫的，恍如铺开了凝滞不飞的白霜。再看那沙滩呵，只有一片雪亮的月光，哪里还有沙砾的影子！

（这四句是极力描写明月。写出铺天漫地的光亮，也带出了花甸、花林。）

如今，江水和天空是一样颜色，再也分不开了。天上连微尘也不复存在。月是更加光明皎洁。它孤悬在空中，仿佛就是这世界唯一的主宰。

“唉！在这漫漫的历史长河中，是谁首先站在江岸上发现你的存在呢？而你，又是在哪个年代第一次把你的光华给予人类的呢？”

（早在远古的时候，就有那些喜欢思索的人，对着皎皎月轮，提出许多问号。有些，他们做出了自以为是的答案；有些，他们却无从解答。然而，大自然是光景常新，而人生却非常短暂这一客观事实，无论如何是引起许多人的感慨和迷惘的。这好像是永恒而又无法回答的题目。一代代的诗人哲士，不怕重蹈故辙地再三再四把它提出来，而又付之于无可如何。所以，先前既有刘希夷的“年年岁岁花相似，岁岁年年人不同”。后来又有李太白的“青天有月来几时，我欲停杯一问之”。）

人是一代一代过去了，江月依然是那个样子。它好像要等待什么人而又永远落空似的。千万代的人都过去了，它到底打算等待什么人呢？

只有长江永远送走滔滔的流水。

（就这样，诗人通过江月长明、人生短暂的感喟，一线飞渡，向离人思妇的主题滑翔过去了。）

有时，人生就像白云那样，忽然给一阵什么风一下子远远飘开了。他来到一个叫青枫浦的地方，人地生疏。生活的鞭子迫使他不能不离乡他往。伴随他的只是使人忍受不了的苦闷。

同样是一个明月之夜，是哪个游子还飘荡在一叶扁舟之中；又是哪家的女儿在楼头想念她的远地飘零者？

（这是就离人思妇两方面合写一笔。）

楼头的明月总是在思妇的心头眼底徘徊。它也许一直要照射到她的妆台旁边吧！任凭她放下帘子还是卷起帘子，它总是不肯走开；任凭她把捣衣石拭抹了再拭抹，它的光华仍然不断地重现。

既然月华是无所不在的，远行的人也一定笼罩在月华之中了。我难道不可以把自己的相思之情让无所不在的月华带到他身边去么？

（但这是痴想，因为……）

连鸿雁那样会远翔高飞的家伙也没有可能把相思连同月华带到远地去，至于那些大大小小的鱼儿更不用说，它们只晓得在水面上撩起几道漩涡儿。

（以上八句，先派出一支，写的都是楼头思妇的一片幻想和怅惘。下面再派出一支，转到游子身上了。）

他连夜做着美梦。梦见花落春残，该是回家的时节了。不料一觉醒来，自己依然身在远地。尽管江水不断地奔流，好像要连春天也带走似的，但其实，不过是月亮向西倾斜下去，到了该退潮的时候罢了。

月亮淹没在海雾之中，逐步落下去了。这一夜，到底有多少相思的人呵！他们有些远在碣石，有些隔着潇湘，道路是如此遥远。有几个人能够乘着月色归家去呵！眼前看到的，不过是残月余晖带着那人间离别之情，摇曳着，散落在江边的树林里罢了！

（这样就收束了全诗。真是笔花摇曳，余情袅袅，是结束，又不曾结束。）

看了上面的译述，我们就知道这首诗非常注意艺术形式的美。可以分开几个方面去分析它。

整首诗的结构，是以整齐作为基调，以错综显示变化。它是这样来处理整首的章法结构的：以每四句作为一小组，四句之中押三个韵；一组完成，一定转用另一个韵。就像用九首七言绝句（当然不是最标准的绝句）串联起来。这就给人以一种整齐稳定的感觉。

但是又有错综变化的一面。在九个小组之中，韵脚有用平声，有用仄声。开头四组韵脚是平、仄、平、仄，随后又变为平、平、平、平，最后一组却用仄韵结束。这样，诗中所着力的声调就显得既有整齐，又有变化，错落穿插，毫不呆板。

句子的运用又是怎样的呢？

它大量使用了排比句和对偶句。像“江畔何人初见月？江月何年初照人？”“江水流春去欲尽，江潭落月复西斜”。像“谁家今夜扁舟子？

何处相思明月楼”“玉户帘中卷不去，捣衣砧上拂还来”……反复穿插在全诗之中。排比句在重叠中显变化，对偶句在变化中见整齐。它们都是同中有异，异中有同，深得相反相成的艺术效果。

这是句子的形式美的一个方面。

在诗里，春、江、花、月、夜、人这几个密切与主题相关的特定的词，通过单词或词组的伸缩变化，错落层叠，交替出现，构成了令人目迷五色的奇幻形象。这些形象的开展、糅合、分离、出没，一步一步地加强“春江花月夜”的复杂而又统一的印象，让人从一种印象、一组印象逐步进入到浑然融化的境界。

请看，开头四句就是两现“春江”，两现“明月”，两现“潮”又两现“海”，它们的交错复叠迅即把人引进一个特定的意境之中。然后，诗人进一步紧紧扣住“江”和“月”作为主题中的主题，予以充分的渲染。我们终于惊讶地看到：春江、江流、江天、江畔、江月、江水、江潭、江树这些纷繁的形象，把春江不断烘染，不断挪展，而明月、孤月、江月、初月、落月、月楼、月华、月明、月照这些不同光色、不同形状、不同内容、不同感情的月，通过那反复的交错的和春的结合，和江的结合，和花的结合，和人的结合，和夜的结合，奇妙地构成了一幅色调优美、情感丰富，而又迷离变幻、光彩斑斓的夜月春江的图画。

这是它运用形式美的又一个方面。

还可以看到诗人从南朝民歌中吸取的特有的技巧，像开头的“海平”“海上”紧紧相接，中间“照人”“人生”紧紧相接，“月楼”“楼上”

紧紧相接，后面的“西斜”“斜月”紧紧相接。不妨参考《乐府诗集》里的《子夜歌》：

……冶容多姿鬓，芳香已盈路。

芳是香所为，冶容不敢当……

还有《子夜四时歌》：

春风动春心，流目瞩山林。

山林多奇采，阳鸟吐清音。

这种技巧，往往可以显示断而复续的音节美，以及飞丝相接的意境的跳跃。

这也可以说是诗人在形式上的有意安排吧。（后来，这种形式还发展为散曲和民歌中的“顶针续麻体”。）

以上都是从形式方面着眼。我们分析一首作品，思想内容自然应该放在第一位，然而这不等于不要注意第二位。艺术形式的美，正如绿叶之于春花，是不应该被排斥的。

我们刚才谈到诗中江和月反复出现，现在，我们还可以着重谈一谈诗中那一轮明月在整个境界中的作用。

这一轮明月，在全诗中构成了四种不同的景色。开头，月亮由海面涌起，“滟滟随波千万里”，转眼之间，它照遍了春江，照遍了芳甸、花林，也照在芳洲白沙之上，连满天白茫茫的，如霜似霰的，都尽是月的光华。这是初月。

跟着是“皎皎空中孤月轮”。它孤悬高空之中，若远若近，欲语无言，使人对着它不禁引起许多奇怪的疑问和感想。

再后，是西斜的月。它逐步变得暗淡，逐步隐藏在海雾的迷茫之中。

然后是落月。是带着无限感情把它的余晖散落在所有江树之上的落月。

在一夜之间，自然界这个寂寞的天体就有如许的变化，真是淋漓尽致地写透了，写活了。

然而更值得我们去欣赏的，却是诗人突出这一轮皓月的用意。他主要目的不是在于客观地描写一夕的月色如何如何，而是在于充分写出人的思想感情。那月景的出现，处处都是带上人的感情色彩。不管是初月的明媚，高月的皎洁，斜月的迷离，落月的缠绵，以及楼上月的徘徊，镜中月的清影，珠帘内的流照，砧石上的幽光，以及晨雾里的余晖，都是月与人互相渗透，彼此交融，使景与情浑然成为一体了。

似乎用不着多饶舌了。请让我再强调一下：南朝民歌和齐梁以来的声律学，在前后一百多年的诗坛上起着发酵酝酿的作用，到了张若虚手里，恍似道家说的金丹成就，猛然迸射出万丈奇光——渐变达到了突变的阶段。

然而张若虚毕竟只从形式方面做出了卓越的成绩。跟他差不多同时的陈子昂，则在另一面拿出他的理论和实践来，弥补张若虚所未曾致力的另一个方面。

于是，诗国中盛唐的灿烂局面，随着这两位先驱者的步伐，赫然展示在我们的眼前了。

王湾

生卒年不详，洛阳（今属河南）人。玄宗先天年间进士，仕终洛阳尉。《全唐诗》录存其诗十首。善刻画乡愁，写景诗句颇有特色。『海日生残夜，江春入旧年』两句，对盛唐诗坛产生了重要的影响。

次北固山下[1]

客路青山外，行舟绿水前。
潮平两岸阔，风正一帆悬。
海日生残夜，江春入旧年。
乡书何处达？归雁洛阳边。

[1]诗题，《河岳英灵集》作《江南意》。文中第一、二、七、八句都完全不同。《河岳英灵集》起二句作："南国多新意，东行伺早天。"末二句作："从来观气象，惟向此中偏。"意境相差很远，但是可以作为参考。

王湾是初唐末期的诗人，李隆基（玄宗）即位那一年（公元712年）他就中了进士，可是最高只做到洛阳尉，是个下级官僚。据说他辞章华美，为当时人所赞誉。现存诗仅十首。《次北固山下》算得上是他的名作，为历代诗选家所注意。

北固山在今江苏镇江之北，下临长江，山峻水阔。江南的俊秀景色使这位诗人感到意外似的惊叹。诗的开头，就是从江南的绿水青山写起。

第一句说，旅客往来的驿路，从山中绕出，又远远伸出青山之外。第二句说，在水上迅疾地飘行的小船，也好像一直开到绿水的前面去了。这两句看来泛泛，其实起了点题的作用。它写出诗人是泊舟山下，而不是在沿江驶行（诗题中的“次”字，是旅途中小住几天的意思），所以才留意到客路伸出青山，行舟前于绿水。如果自己坐的船也在行走，这种景色就很难领略了。但是诗人在写这两句的时候，似乎又透露出微微焦灼的心情：你看，他们陆上的水上的都各奔前程去了，而我还是待在这儿，明天还不知道能不能继续进发呢！这种寓情于景的写法，由于感情只是轻轻地触动了一下，所以表面上几乎不着痕迹。

事实上，诗人更大的注意力也是放在欣赏景色这方面，所以三、四两句就极力摹写长江。“潮平两岸阔，风正一帆悬”真是一幅绝妙的图画。它的好处是写出人人眼中之景，道出人人心里的话。寥寥十个字，这一带长江的最主要的色彩就勾勒出来了。手法干净明快，使人感到谢玄晖的名句：“澄江净如练”，到诗人手里又有了进一步的发展。

五、六两句，是这首诗最吸引人的警句。《河岳英灵集》的撰集者殷璠说：

"'海日生残夜，江春入旧年。'诗人以来少有此句。张燕公（按，即唐初与苏颋并称为"燕许大手笔"的张说）手题政事堂，每示能文，令为楷式。"可见很早就已受到人们的注意。这两句是经过诗人反复锻炼的。"海日生残夜"，写江面的开阔，可以一眼看到地平线，因此，残夜未尽，太阳就已经从海上涌现，好像残夜带来了太阳，而不是太阳把早晨带来似的。"江春入旧年"，是说江南的春天来得特别早，春天的根芽，仿佛从旧年年底就埋伏下来了。这十个字，构思和炼句都脱尽旧套，翻出新意，而又异常自然，没有刻意雕琢致成晦涩的毛病，并且写出了一个从北方初到江南的人的惊奇喜悦的感受，所以实在是好句。诗人如果不是亲身体验过这种生活，是没有办法锤炼出这种句子来的。[①]

然而，这两句又不仅仅是为了写景。他是运用了形象思维方法，所含意又高出于景色之上。我们分明看出：诗人面对眼前的景物，对于自己的异乡漂泊生活，终于不能不发生感触。旧的一天又消逝了（"海日生残夜"），旧的一年也轻轻溜走了（"江春入旧年"），而自己却仍然远役江南，到底什么时候才能够回到家乡洛阳呵！这样，这首诗终于归结到下面两句："乡书何处达？归雁洛阳边。"只有希望在春光中北归的鸿雁，替自己捎一封信回家去了。

从整首诗看来，语句是精警的，音节是响亮的，充满刚健清新之气，已经完全脱尽齐梁以来宫体诗的影响。我们如果把它放在盛唐的现实主义诗歌巨流中，也丝毫不觉得逊色。

①清人沈德潜认为："江春入旧年"的意思是指立春在岁末。这是另外一种解释。附在这里给读者参考。

王之涣

688—742年，字季凌，晋阳（今山西太原）人。官至文安县（今属河北）尉。其诗善写边塞风光，意境雄浑，多为当时乐工制曲歌唱，名动一时。传世之作仅六首，《凉州词》和《登鹳雀楼》尤有名。

登鹳雀楼

白日依山尽，黄河入海流。

欲穷千里目，更上一层楼。

近代的王国维，在《人间词话》里，把谢灵运的“明月照双雪”，谢朓的“大江流日夜”，杜甫的“中天悬明月”，王维的“长河落日圆”，认为是“千古壮观”的名句。在词人方面，他举出清代纳兰性德的“夜深千帐灯”和“万帐穹庐人醉，星影摇摇欲坠”，认为也接近这种境界。这话自然是不错的。自古以来，许多诗人都追求着运用高度概括而又饶有诗意的手法让大自然的壮丽景色在自己手中焕发异彩。上面所举的不过是几个例子罢了。

王之涣这首诗也是对大自然的壮丽景色描画得比较好的一例。

河中府（现在的山西省永济市）的鹳雀楼，本来就建在高阜上面，地势已经很高，何况还有三层，这就使得周围的景物都伏在它的脚下。登楼纵目，地平的远处高高耸立着著名的中条山，而眼底就是滔滔不尽、一泻千里的黄河。在这里，可以看到晋南一片山连岭重的奇观，也可以欣赏黄河千里奔腾的异景。再远一些，也许还可以依稀想象渭河两岸的秀丽风光吧。因而鹳雀楼在唐代就成为著名的登临胜地。

有人说，文章越短越难写，这话有一定道理。假如你面临一幅异常壮丽的景色，自然心里有许多话要说，你也许要洋洋洒洒，写几千字来表达它，也许想用极概括的几句把它勾勒出来。比较地说，后者是要更费一点心思的。“白日依山尽，黄河入海流”十个字，不能说不是花了不少力量才概括起来的句子。我常觉得南宋爱国诗人陆放翁用“三万里河东入海，五千仞岳上摩天”十四个字，描写当时沦陷在金人手中的北部中国的山河壮伟，是一种形象生动的高度概括。而“白日……”这两句，的确能抓住鹳雀楼景色中最主要的东西，并且显出气势。

你看，太阳斜斜落在山角，反照着河水，飞溅出万点金光，而黄河滔滔汩汩，从西北方的天际，奔过脚下，一直倾向东南，仿佛就要和大海拥抱在一起。气象的昂扬开阔，已经是使人惊叹了。然而光是这两句，而没有“欲穷……”两句作结，这首诗也难于脍炙人口。正因为作者不肯把意境仅仅局限在眼前景物上，而是更进一步地要把读者带上一个更开阔、更高远的境界，要求读者和他一起“更上一层楼”，看更远更广的天地，让胸襟更加开阔。于是，我们也仿佛随着诗人的脚步，把我们的想象力伸得更高、更远了。正因为这首诗不限于给客观景色作出描述，而且注进了诗人昂扬向上的激情和热力，所以读者的感受是深刻的。

我们不妨比较比较看。在唐代同样题目的诗中，诗人畅当也是写得较好的：

迥临飞鸟上，高出世尘间。

天势围平野，河流入断山。

然而我们觉得不满足。为什么呢？因为四句都是景，尽管也写得不错，但是读完之后，我们好像只看到一些片段的画面，对于诗人自己的精神面貌却一点也不能理解。他是高兴吗，还是有点感慨？他要告诉我们一些什么心事呢？都不够明确。因此我们也就很自然地和他疏远了。

王之涣的诗，现在只存六首；关于他的生平，书上记载也极为简略。幸而近年发现了他的墓志铭，才知道诗人卒于玄宗天宝元年（公元742年），终年55岁。按我国过去年龄计算方法，推知他生于武则天垂拱四年（公元688年），比王维、李白大13岁，比王昌龄大10岁。诗人名之涣，字季凌。本家晋阳，祖上徙居绛郡。可见《唐才子传》说他是蓟门人，不确。诗人是王昱的第四子。墓志说他“不盈弱冠，则究文章之精；未及壮年，已穷经籍之奥”，是个自幼好学的人。他一度做冀州衡水县主簿，不久被诬解官，家居15年，复出任文安郡文安县尉，卒于任内。墓志还说他有堂弟名之咸，主持他的丧事。可见《全唐诗》说之咸是诗人的哥哥，也是失实的。

诗人在生前就颇有诗名。墓志上说：“尝或歌从军，吟出塞，皦兮极关山明月之思，萧兮得易水寒风之声。传乎乐章，布在人口。”这说明诗人吟咏关山边塞的诗章，当时就流传在人民中间。然而除了《全唐诗》刊载那六首之外，其他都无法再看到了，这是非常可惜的。

凉州词

黄河远上白云间，一片孤城万仞[1]山。
羌笛[2]何须怨杨柳，春风不度玉门关[3]。

[1]仞——古代计算长度的一种单位。或说八尺，或说七尺，或说四尺。诗中只是形容山的高峻，不必硬扣。

[2]羌笛——古代羌族的一种乐器。

[3]玉门关——在今甘肃省敦煌市西。

关于这首诗，有一段很有名的“旗亭画壁”故事。据说王之涣和王昌龄、高適有一次同到旗亭（大抵是卖酒的地方）喝酒，座中有歌伶十数人，也在会宴。三位诗人就私下约定，看歌伶唱的最多是谁人的诗，就证明谁的作品最受欢迎。结果，王昌龄的“寒雨连江夜入吴”和“奉帚平明金殿开”两首给唱出来了，高適的“开箧泪沾臆”也唱出来了，最后，轮到一个最漂亮的女孩子，她一发声，唱的就是这首《凉州词》，这使得王之涣非常得意。

对于这段流行的传说，我们很难确定它的真实性到底有多少[①]。不过，通过这个故事却可以证实一点，王之涣这首《凉州词》，的确是传诵一时的名作。

有人说，“黄河远上”，应该是“黄沙直上”之误。并且认为“黄河远上白云间”很费解，黄河明明在平地上，怎么可以说“远上白云间”呢？只有“黄沙直上”才是塞外的景色。对于这种说法，我是不敢同意的。理由很简单，凭高望远的人都会看到远处的景物与天相接。比如游居庸关附近的长城，登上最高处，就分明看到山外的官厅水库和云头接在一起。诗中这七个字并不曾夸张过分。再则“黄沙直上白云间”，从意境上说，比起“黄河远上白云间”七个字，也差得实在太远。“黄河远上白云间”七个字，莽莽苍苍，浩浩瀚瀚，给人的是“黄河之水天上来”的壮美的感觉，把人的思想感情引到辽远高阔的境界。反复吟味，我们眼前出现的不但是祖国河山的无限壮伟，而且也会联想起我们民族的源远流长，以及丰富文化的艰辛缔造。如同一切崇高美好的艺术形象所具有的魅力一样，这七个字的艺术效果，绝不是“黄沙直上白云间”的景象所能比拟的。甚至可以武断地说：假如“黄河”原来真是“黄沙”，这首诗一定不会受到当时的人和后人如此热烈的赞赏。

还须再看到一层，“黄河远上白云间”一句，在诗中并不是一枝独秀的，它和第二句有不可分割的关系。试接读第二句，我们就会发觉，唯有“黄河远上”这种境界，才正好和“一片孤城万仞山”这另一种壮阔的气象相联相配，从而显得“铢两悉称”。在文章的技巧上说，就是有“两峰并峙，双水分流”之妙。而漫天黄沙虽然也是一种景色，在意境上却差得太远。至于说，黄河和玉门关在地理上距离很远，那也是事实。不过诗贵意境，光从地理上找印证，有时是未必恰当的。比如王昌龄有两句诗：“青海长云暗雪山，孤城遥望玉门关。”青海这个大湖和玉门关也是远不相干的，诗人却不妨把它们拉在一起。这种例子，在唐诗中是屡见的。（按：王之涣此诗，又收入唐人芮挺章辑的《国秀集》中，但一、二两句互调，句中亦作“黄河远上白云间”，可以参考。）

在这首诗里，诗人开头两句极力摹写了祖国西北河山的壮丽，然而接下去却是“羌笛何须怨杨柳，春风不度玉门关”。这是什么意思呢？明代文学家杨慎在《升庵诗话》里说：“此诗言恩泽不及于边塞，所谓君门远于万里也。”说得很有点意思。在开元年代，唐王朝的统治自然还是相对稳定的，然而由于以唐玄宗为代表的最高统治阶层的荒淫纵乐，日夜忙于斗鸡走马，笙歌沸天，已经忘记了玉门关外，还有守卫着祖国边疆的远戍征人。面对这种情况，诗人是不能没有感触的。因此，他在极力摹写了关山景色之后，忽然语气一转，说出如此意味深长的话："守边的军士呵！你们何必老是吹奏着幽怨的《杨柳曲》（古曲中有《折杨柳》），好像在埋怨这里的荒凉，连青青的杨柳也没有一棵，因而好像努力要把春风吸引到边塞来似的，其实，皇帝那边的'春风'是不会度过玉门关的。"如果说，高適写的"战士军前半死生，美人帐下犹歌舞"，暴露了封建军队中尖锐的阶级矛盾的话，这一首诗就是从唐代封建王朝阶级对立的角度，为戍边战士的责任之重、生活之艰苦而作不平之鸣。不过在语气上较为含蓄一点罢了。

①胡应麟《少室山房笔丛》卷四十一，对"旗亭画壁"故事加以否定。他说：高適如果和王昌龄、王之涣在酒店里喝酒赌胜，一定是少年时候的举动，可是高適五十岁才学作诗。这是其一。假定是高適五十岁以后的事情吧，那么，这时王昌龄已经死了，又怎能和他一同喝酒。这是二。白居易的《郑胪墓志》，只说到昌龄和之涣互相唱酬，并没有说和高適唱酬，高適的诗集里也没有给之涣的诗。这是三。因此认为这个故事是后人虚构的。但高適50岁才作诗一说，早被推翻。白居易也不必一一列举彼此唱酬的人。

王翰

687—726年，字子羽，晋阳（今山西太原市）人。景云进士。开元中任秘书正字、通直舍人等职。其诗善写边塞生活，《凉州词》颇有名。原有集十卷，已佚。

凉州词

葡萄美酒夜光杯，欲饮琵琶马上催。

醉卧沙场君莫笑，古来征战几人回！

唐代诗人写了不少边塞诗，从数量上说，恐怕比任何一个封建朝代都要多。这和唐代屡次对外用兵自然有密切的关系，但却不是唯一的原因。因为这种战争并非唐代所专有，像宋代就一直被纠缠在对外防御的重担之中，但是宋代诗人就拿不出多少有分量的边塞诗来。唐代诗人有一个时期，似乎对边塞风光很感兴趣，有不少人也真的老远跑去，亲自领略那里的景色，并且把它写进诗里。没有去过的人，也往往要借些乐府古题，点染一下塞外风光，才觉得满意。这种风气的出现，原因比较复杂，这篇短文也没有必要作详细分析。但是有一点我愿意说明，就是唐代在国力上升的时候，国家强盛，民气昂扬，诗人自然不能不受到时代的影响。他们对于边疆戎马的生活，往往抱着欣羡、幻想和渴欲一试的心情。反映在诗歌上面，就成为昂扬兴奋的情调，不然就是一片纯真的幻想。当然除此之外也还有悲哀的慨叹和反战的呼吁，这也仍然是那个时代复杂的客观实际的反映。这种复杂性，有时就在一个诗人的作品中也会同时出现的。

王翰是盛唐诗人，现存作品不多，可是像现引的这一首，却不失为表现那个时代的昂扬向上的情调而又艺术性很高的代表作。

一开头，诗人便把塞上的军中生活描画得像诗一样的美丽。我们看见诗中有一位军人，捧起夜光杯，斟满葡萄酒，正在喧闹嘈杂的人群中欢呼嬉笑；忽然，琤琤琮琮的琵琶声，在马上响起来了，它奏着的是行军的调子，还是一支舞曲呢？作者并没有说出来。也许是战士们奏起抒情的曲子，催他们到广场上去跳一个舞罢了。总之，不论怎样，这种军中生活，是丰富多姿、富有浪漫主义的情调的。看来从军的战士们，似乎并没有感到军队的生活有什么单调枯燥，他们毋宁是满足于这种紧张的、热闹的，并且带有朦胧的追求与幻想的生活。

这样的豪情逸兴，也许只是诗人的主观想象；也许他确实看到了，却只是军队生活中的一瞬间的热闹。但是，也实在代表了当时某些人对于边塞军队生活的一些幻想和向往。正因如此，诗人在下面两句里，就进一步用饱满的笔触，淋漓地写下了他的见解：

醉卧沙场君莫笑，古来征战几人回！

这后二句，不小心是容易发生误解的。有人说：后二句“作悲伤语读便浅，作谐谑语读便妙”（施补华《岘佣说诗》）。照他的意思，这两句是悲伤到只好用打趣的话来抒发战士们的思想感情：“反正是回不去了，喝得酩酊大醉，躺在沙场上，这有什么可笑的呢！”还有人认为这只是一首反战诗。其实，这还是一种误解，没有领会到整首诗的基本情调是昂扬向上的，是充满了对军中生活的幻想的。葡萄酒和夜光杯，都是西域地方的本色，当然不是写离家出发时离筵别宴的风光，所以诗的开头就没有什么离家远行的愁情；而“醉卧沙场”，也不是战士觉得有家归不得而借酒浇愁。诗人下这两句话，其实是壮语，说它是悲壮的也无不可。而悲壮却是消沉伤感的反面。它不是什么嗟叹，也并非无可奈何的谐谑。中唐诗人戴叔伦有两句诗：“愿得此身长报国，何须生入玉门关。”写战士们忠勇爱国的气概，自然很明白；而“古来征战几人回”，也同样是这个意思，不过用笔曲折了一些，并且带有悲壮的情调罢了。

读这首诗，要从它整个基调来看，似乎不应该只看到最末一句，就以为它纯粹是反战的诗歌。这是个人的一点粗浅的看法。

王昌龄

？—约756年，字少伯，京兆长安（今陕西西安）人。盛唐著名边塞诗人，有『诗家夫子王江宁』之称，尤擅长七绝。其诗歌意境开阔，语言圆润蕴藉，音调婉转和谐，耐人寻味。后人辑有《王昌龄集》。

从军行（录一）

琵琶起舞换新声，总是关山旧别情。

撩乱边愁弹不尽，高高秋月下长城[1]。

[1]“旧别”——作“离别”，“弹”——作“听”，“下长城”——作“照长城”。此据《全唐诗·乐府》

在王翰那首《凉州词》的分析中，我曾说过，唐代的边塞诗是内容复杂的，有意气昂扬的一面，也有情绪沉郁的一面，也有反战的呼声。这些都是那个时代复杂的现实生活的反映。王翰的《凉州词》反映了意气昂扬的一面，而王昌龄这首《从军行》则反映了另外一面。

王昌龄的七绝，明代批评家称为“神品”，认为可以和李白的并驾齐驱。他是盛唐的著名诗人，七绝的成就很高。历来的诗选家，不选七绝便罢，要选唐人的七绝，王昌龄的作品是不会落选的。他尤其善于写作边塞诗。像这一首七绝，只是抓住守卫边塞的军士生活中的一个片段，一个镜头，而当时边塞军士生活的枯燥乏味和思想上的苦闷无聊，就在人们的眼底跃然活现，实在不愧为高超的手笔。

边塞上的景色是动人的。“大漠孤烟直，长河落日圆。”称得上千古名句；然而在久戍的军士眼中，它又是使人厌倦的单调的色版。每天都是那么的一带长城，一群乱山；白天是太阳自东向西，晚上是月亮从圆到缺。“高高秋月下长城”，这种景色真是又奇丽（在我们看来），又乏味（在久戍者眼中）。于是，一个秋天的夜晚，军士中间有人奏起新的调子，跳起新的舞蹈来了。大抵是企图打破这种难堪的寂寞吧！可是，新的调子还是离不开旧的内容，在银甲轰鸣、朱弦幽咽中，“总是关山旧别情”，人们一转眼就又想到别离已久的家乡……多恼人呵！越是一路弹唱，越是引起久戍塞外的哀愁。而这又有什么办法呢！徘徊四望，高高的还是一丸秋月，蜿蜒而去的也仍旧是一脉长城。这美丽而又乏味的景色呵，难道真的与你终古？

诗人就是从边塞军士生活中抽出了这么一个片段，轻轻地下了二十八个字；但是，你看它的内涵多么丰富。它告诉了我们，在封建王朝统治下军士的生活是多么愁苦；遣戍时间又多么悠长；人们思乡之情何等迫切；那种无可奈何的心情又何其使人同情。而这些，诗人并不曾直接向读者进行说教，他只是轻轻地下了二十八个字，里面有的是动作，是音响，是边塞景色，好像一节生动的电影片段，而且色彩异常斑斓。新的声，旧的情，缭乱的音响，婆娑的舞影，头上的秋月，脚下的长城……这些，又都织进了人们旧有的、缭乱的、萧索的、延绵无尽的思乡之感。情景交融到使人很难分别开哪句是写景，哪句又是言情的地步。我们不能不感到，诗人“陶融万汇”的手法，的确是十分超卓的。

王昌龄这首诗有它的社会现实意义。

唐初实行府兵制，是一种寓兵于农的兵制。平时府兵大部分人从事农耕，小部分人轮番到京师宿卫，或到边疆戍守。可是后来这种兵制逐步变质了。开元年间，边镇的戍兵虽说经常有六十多万人，可是给有些将军作为私人的奴仆来使役，既不起保卫边防的作用，又久戍无法回家。所以张说曾在开元九年（721年）奏请“罢边兵二十余万，勒还营农”。这二十余万人归农以后，根本没有影响国防力量。因为正如张说当时对唐玄宗指出的：“军将但欲自卫及杂使营私。若御敌制胜，不在多拥闲冗，以妨农务。”

府兵制不能不改变。到玄宗开元二十六年（738年），就改为招募丁壮来充边镇戍兵了。这些募兵是长期性的和职业性的。于是兵又成为一种专门职业，久戍不归。因为社会制度本身的重重矛盾依然存在，改变一下招兵的方法毕竟无济于事，而且又孕育了新的祸端。

诗人就是在这种时代背景之下写这首诗的。他没有申述多少道理，只是抽出戍边士兵生活中的一个片段加以描写。不管诗人的主观意图是怎样，实际上，他已经隐隐点出了唐王朝在军事上存在的危机了。

出塞（录一）

秦时明月汉时关，万里长征人未还。
但使龙城飞将在[1]，不教胡马度阴山[2]。

[1]汉武帝时，军骑将军卫青北伐匈奴时，曾到达龙城，但李广并未到过龙城，此句不必死扣。也有人认为，龙城作卢城，即卢龙县。
[2]阴山——横亘内蒙古境内的一条大山脉。诗里不过泛指北方的有战略意义的地区。

明代有两位诗人兼诗评家，一位是李攀龙，另一位是王世贞。这二人论诗的观点颇有分歧，后来甚至因论诗分歧而导致友情破裂了。这些事在文学史上也并不算罕见。

要举这两人分歧的例子的话，王昌龄的《出塞》就是其中之一。

李攀龙评论唐人七绝，认为这首“秦时明月汉时关”是“压卷之作”。王世贞知道了，就不无讽意地说：

李于鳞言：唐人绝句当以“秦时明月汉时关”压卷，余始不信，以为《少伯集》中有极工妙者。既而思之，若落意解，当别有所取；若以有意无意、可解不可解间求之，不免此诗第一耳。

——《艺苑卮言》卷四

他竟认为这首诗好就好在“有意无意可解不可解之间”，这种艺术鉴赏力实在令人莫测高深。

也许他以为“秦时明月汉时关”这句就是在可解不可解之间吧！然而事实又并非如此。

许多人都解释过这首诗。对于第一句是怎样领会的呢？随手举几个例看：

诗言秦时明月，仍照沙场；汉代雄关，犹横绝塞。

明月临关，秦汉一样。乃今日唐家亦复同之。

首句是说此地在汉是关塞，明月犹是秦时。时代虽变，形势亦非从前可比，有今不如古之叹。

言“秦”言“汉”，文义错举互见，并非专属。

彼此虽然并不完全一致，但是也并未觉得是在“可解不可解之间”。

写诗本来就和写文章不同。构思、造句往往同文章不一样，甚至可以很不一样。没有人会在文章里说：“我的白头发有三千丈长。”但李白却可以拿来写诗。就连标点的打法有时也不同。王翰的“葡萄美酒夜光杯，欲饮琵琶马上催”。宋人楼钥的“久之不动方知是，一搭碎云寒不飞”在文章里岂能七个字七个字来打标点？

写诗有写诗的艺术手法，有和其他艺术形式不同的特殊规律。它是经过整千年、甚至不止千年的不断探索、实践逐步积累下来并且为大众所承认的。拿衡量文章的尺子去量度诗歌，诗歌会向你发脾气。

正因如此，当我们看到“秦时明月汉时关”七个字的时候，就不能把它看成文章里的一句话：明月是秦时的，关城是汉代的。因为这样一分开，事情就不好办了。难道汉代就没有月亮，秦时就没有关城？还是秦时的明月特别些，汉代的关城坚实些？

对于这七个字，假如用诗的艺术眼光去分析它，就很简单。

它是一幅典型的关城夜月图。你试化身做唐代诗人，在明月之夜登上塞外一座关城。脚下踩着关城，头上亮着明月。这时候，你就会想起一连串著名的历史事件：秦代是怎样在北方修筑长城的，汉代又是怎样在边塞建立城堡的，北朝到唐代又是怎样继续增修补筑的。……为了防守边境，为了监视敌人，为了保卫国土，我们的祖先拿出了多么惊人的力量！

然而，头上这一轮明月，却是亘古如斯，并没有多少变化。秦代是这样，汉代是这样，直到如今还是这样。这明月呵！从秦汉到现在，照见过多少征人，又有多少征人仰望过这一轮明月。这关城呵！从秦汉到现在，洒下了多少征人戍卒的血汗，又留下了多少往来驻边者的脚迹……

你一定会想得很沉，很远。

这时候，你何暇去分辨这是秦城，还是汉关，是秦月还是汉月呢！

诗人在写这首诗的时候，他不过从这种景色所引起的情感中，选出他认为是典型的字眼，来表述他的感想罢了。

唐代开元天宝之间，对西北、西南的战争是时起时伏的。在这当中，由于玄宗的轻易用武，和边廷上一些将领追求战功，边疆经常维持着庞大军队，也经常发生或大或小的战斗。其中有些边将还使用恶劣手段去邀功。例如安禄山，当他做“捉生将”时，就常带领数骑出外，用诈计诱捕契丹人，算作“战功”。后来逐步被提升为节度使。为了进一步讨好主子，他甚至诱骗奚、契丹的酋长来宴会，用毒酒灌醉来人，割下酋长头颅上献朝廷，诈称“大捷”。这就投合了玄宗李隆基的心意。

不过，同时也有深知大体、不愿意轻启边衅的人。王忠嗣就是一个。他几次击败吐蕃入侵，但仍以持重安边为主。有一次，玄宗命令他攻取石堡城（今青海西宁市西南），王忠嗣认为石堡形势险要，强攻一定引起重大伤亡，建议等候有利时机然后行动。这使玄宗很生气，再令他分兵数万，交另一将领董延光攻城。王忠嗣勉勉强强执行了。那时，名将李光弼还是他的部将，觉得事情不好办，劝他还是讨好董延光，免得日后朝廷怪责。王忠嗣却说："我不愿拿几万条生命来保我的官职，上面怪罪下来，罢官也就罢了。"王忠嗣不久果然受坏人的陷害，逮捕问罪，被判极刑。幸赖哥舒翰力保，才免了一死。

两个将领，一正一反，很足以说明诗人的感叹是有来由的，即使并不定是由于上面说的两桩事。

但使龙城飞将在，不教胡马度阴山。

有了好的士兵，还要有好的将领。假如朝廷上任用的是有勇有谋、公忠为国的"龙城飞将"，那么，敌人是不敢狂妄行动，轻易进侵的。汉代就有不少这样的例子，为什么不吸取历史教训？

"龙城"，我们不必实指便是汉代将军卫青到过的龙城（在蒙古塔米尔河岸）。"飞将"，固然用了李广被匈奴号为"飞将军"的典故，也不必实指就是哪一个。

诗人的目的只是把自己对边防的关心和朝廷应如何用人的意思表达出来。但因为它的概括力很广，能把历史上经常出现的现象加以典型化，因而它又有深刻的社会意义。它的所以著名并不是偶然的。

闺　怨

闺中少妇不知愁，春日凝妆[1]上翠楼。

忽见陌头[2]杨柳色，悔教夫婿觅封侯[3]。

[1]凝妆——打扮得整整齐齐。

[2]陌头——路边。

[3]封侯——这里作从军远征解释。

不知道读者读了这首诗的开头两句是怎么想的，也许会照着字面去解释，认为这位闺中少妇，是个不知离愁为何物的天真得有点傻气的人物吧。可是，实在说来，这里面是隐藏着作者的狡狯的。

为了便于说明，先从汤显祖的名著《牡丹亭·惊梦》那一出说起。

细读《惊梦》之前那几出，应该说，读者是能够隐约地体会到杜丽娘对于美满生活的追求，也如同一般少女那样，是异常强烈的；可是由于严父——也就是封建礼教势力的严加约束，这种强烈的愿望并没有明显地表露出来。从表面看，杜小姐遵守家教，规行矩步，也从来不说“春愁”。然而，当她一旦进入花园，目睹明艳的春光，那感情却突然发生了异样的迸发：

原来姹紫嫣红开遍，似这般都付与断井颓垣！良辰美景奈何天，赏心乐事谁家院？朝飞暮卷，云霞翠轩，雨丝风片，烟波画船。锦屏人忒看得这韶光贱！

通过景物的诱发，她藏在内心、压得紧紧地对美满生活追求的欲望，一下子像火山喷发似的倾泻出来：

没乱里春情难遣，蓦地里怀人幽怨。则为俺生小婵娟，拣名门一例里神仙眷。甚良缘，把青春抛的远。……想幽梦谁边，和春光暗流转。迁延，这衷怀那处言？淹煎，泼残生除问天。

可以看得非常明白，在这以前，杜丽娘绝不是没有什么“春愁”的。否则，一座小小的花园，尽管春光灿烂，也绝不会如此强烈地撼动她的情怀。在这里，可以看出“外因是变化的条件，内因是变化的根据，外因通过内因而起作用”。没有杜丽娘本身追求幸福美满生活的强烈愿望，仅仅游一下花园，绝不会引起以后一连串的变化。对此，应该是谁也不会否认的。

说到这里，我们就可以回过头来吟味王昌龄这首诗了。

假如说，《惊梦》中“姹紫嫣红”这一段大致上等于“忽见陌头杨柳色”；而“春情难遣”这一段从感情的触发上说，又大致等于“悔教夫婿觅封侯”的话，那么，非常明显，这个闺中少妇其实并不是“不知愁”的，只是由于封建礼教的重重枷锁，使这个可怜的少妇只能把内心的感情——对远征不归的丈夫的怀念埋藏到心灵深处，极力不让别人知道，避免对封建礼教的触犯。这样做的结果，有时候，仿佛连她自己也觉得没有什么了。因此从表面看来，她好像和别的人一样，没有半点离愁别恨；然而当陌头的杨柳春色突然闯进眼帘，这位“不知愁”的少妇就像从什么地方打开了心灵里的一个缺口那样，平日极力压抑下来的满腔愁绪这时都骤然倾泻出来了。（“杨柳色”，这里可以作为春色种种的代词，不一定只看到杨柳；但也许杨柳是赠别之物，当年在此折赠行人，由此触起怀念。）从这里，我们看出诗人在开头布下了一个疑阵，他分明看出深闺少妇的愁，却偏要说她“不知愁”，偏要说她“凝妆”，还偏要说她“春日上翠楼”，要等到下面一转，才转出真正用意。我们粗心大意的读者，就差点儿给他瞒过去了。

诗人对于处在封建道德观念统治底下，连自己的思想感情也不敢吐露半点的封建时代的妇女，是表示同情的；但是他并没有正面说出来，只是通过这个深闺少妇在翠楼上的形象，她看见陌头春色的刹那的感情迸发，巧妙地抒发了对她们的同情，同时也让读者自己进行思索。

孟浩然

689—740年，唐代山水田园派诗人。诗与王维齐名，并称『王孟』。孟诗绝大部分为五言短篇，清淡幽远，长于写景，多反映隐逸生活。有《孟浩然集》。

望洞庭湖赠张丞相

八月湖水平，涵虚混太清[1]。
气蒸云梦泽，波撼岳阳城。
欲济[2]无舟楫，端居[3]耻圣明。
坐观垂钓者，徒有羡鱼[4]情。

[1]太清——天空。
[2]济——渡水。
[3]端居——闲居无事。
[4]羡鱼——《汉书董仲舒传》中“古人有言曰：临渊羡鱼，不如退而结网”，意思说，与其徒然羡慕别人的成就，不如自己努力去干。

在唐代森严的门阀制度底下，一般的知识分子要在政治上找出路，常常只好向达官贵人伸手求助，他们写一些诗文（后来还加上传奇小说）呈献上去，希望获得赏识而被荐引、提拔。投考科举，也需要有这种“内线”。据说诗人王维能够少年得志，就全靠他借岐王的力和某公主拉上了关系，这才一举成名，高中解头（赴京应试考上第名的举子）。李商隐得中进士，也全靠有势力的令狐绹帮了一把力，后来受到令狐绹的冷落他就在吏部考试时落第了。陈子昂甚至要运用“碎琴”的伎俩，把贵族公子们的注意力吸引到自己身边，然后一日之间，名溢都下。所以唐代干谒的文字极多。孟浩然这篇也是属于这种性质。他写这首诗，目的是想这位张丞相（一说就是张九龄）给他帮一点忙，只是为了保持一点身份，才写得那样委婉，好像要极力泯灭那干谒的痕迹。

秋水盛涨，八月的洞庭湖装得满满的，和岸上几乎平接。远远看去，水和天空已经湮没了界线，就好像洞庭湖和天空合成了完完整整的一块。开头两句，写得洞庭湖极开朗也极涵浑，汪洋浩阔，与天相接，润泽着千花万树，容纳了大大小小的河流。

三、四两句是实写了湖。云梦泽在上古是一个大泽（在今湖北省南部和湖南省北部，后来逐步涸为平原田野，但是仍然留存下来无数湖泊）。“气蒸”句写出湖的丰厚的蓄积，仿佛广大的沼泽地带，都受到湖的滋养哺育，才显得那样草木繁茂，郁郁苍苍。而“波撼”两字放在“岳阳城”上，衬托湖的澎湃动荡，也极为有力。人们眼中的这一座湖滨城市，好像瑟缩不安地匍匐在它的脚下，变成异常渺小了。这两句被称为描写洞庭湖的名句。但两句仍有区别：上一句用一个宽广的平面来衬托湖的浩阔，下一句用一个窄小的立体来反映湖的声势。因而使我们看出洞庭湖不仅广大，而且还充满活泼的生命力。

下面四句，转入个人的抒情。“欲济无舟楫”，是从眼前景物触发出来的，诗人面对浩浩的湖水，想起了自己还是在野之身，要找出路还没有人接引，正如想要渡过湖去却没有船只一样。“端居耻圣明”，是说自己不甘心吃闲饭，要出来做一番事业，尤其是在这个“圣明”的朝代。这两句是正式向张丞相表白心事，说明自己目前虽然是个隐士，可是并非本愿出仕求官还是心焉向往的，不过还找不到门路而已。

于是下面再进一步，向张丞相发出呼吁。“垂钓者”暗指当朝执政的人物其实是专就张丞相而言。这最后两句，意思是说：执政的张大人啊，您能出来主持国政，我是十分钦佩的，不过我是在野之身，不能追随左右，替您效力，只有徒然表示钦羡之情罢了。这几句话，诗人巧妙地运用了“临渊羡鱼，不如退而结网”的古语，另翻新意；而且“垂钓”也正好同“湖水”照应，因此不大露出痕迹，但是他要求援引的心情是可以体味的。

像这种干谒的诗，自然说不上有多大可取的地方。不过，它反映了像孟浩然这样的知识分子在寻找个人出路中仍有如此苦恼心情，却足以说明唐代门阀制度之下，曾经压抑了多少有抱负有才能的人才。此外，我们也可以由此知道唐代有这样的一种专为干谒而写的诗，以及它那表现手法的特点，对于我们了解唐诗，也是不无用处的。

王维

701?—761年，唐朝诗人、画家，字摩诘，太原祁(今山西祁县)人。人称『诗佛』。其作品以山水诗最为后世所称，通过对田园山水的描绘，宣扬隐士生活和佛教禅理；艺术上极见功力，体物精细，状写传神，具有独特成就。有《王右丞集》。

渭城曲[1]

渭城朝雨浥轻尘，客舍青青柳色新。
劝君更进一杯酒，西出阳关无故人。

[1]诗题原作《送元二使安西》。《乐府诗集》作《渭城曲》。

在唐代，这是一首非常有名的送别诗。所谓“此辞一出，一时传诵不足，至为三迭歌之”，成为唐代流行久远的名曲。唐代诗人经常提到它。如刘禹锡《与歌者》诗云：“旧人唯有何戡在，更与殷勤唱渭城。”白居易《对酒》诗云：“相逢且莫推辞醉，听唱阳关第四声。”当时影响之大，可以想见。后代更把“阳关三迭”作为送别的代用词。但是很奇怪，我们今天读了它，却并不觉得有什么特别了不起，假如不知道它在唐代那段烜赫的历史，也许会认为是一般作品罢了。这里面的道理，是值得很好探索的。

先说它那段烜赫的历史：唐代势力极盛的时候，西面的边疆远远伸到亚细亚西部，长安和西城的交通是频繁的。那时候，西方边防经常有十多万军队戍守，安西都护府和北庭都护府都设在如今新疆维吾尔自治区境内。不仅来往西域的商贸要走这条“阳关大道”（阳关在甘肃敦煌市西南百余里），军士的出戍与归来走的也是这条路，外交官员和在都护府幕下工作的人，也要艰苦地穿过这座关口，奔向自己的目的地。当他们离开长安西上的时候，有些人就不免要在渭水岸边的渭城，和亲友作一番话别。会作诗的，就少不得写几句来饯行。一部《全唐诗》里，这一类的赠别作品数量委实不容易统计。但是，为什么王维这四句诗能够独擅一代之名呢？还是让我们驰骋想象，回到中古时代的渭水河边，看一看当年饯行的情景吧：

坐落在渭水南岸的渭城，当中一条宽阔的驿道，路的两旁尽是高大的杨柳树，旅舍和酒馆茶店一间挨着一间。从长安向西出发，或者从西边回到长安来的人，都免不了在这里歇一歇脚。在绿叶柔条的柳树荫下，搭起一座座的布篷，布篷下面摆着桌椅，陈着食盒。出发的旅人和送行者就在布篷下面一边喝酒，一边反复着那套老话——彼此珍重。直至最后的时刻，行人要出发了，于是送行者把折下来的杨柳枝，亲手送给行人，并且拿起酒壶，再满满地给对方斟上一杯酒。这个时候，再也没有旁的话可说了，只好这样安慰远行者："老兄！再干一杯吧！过了阳关那边，就没有老朋友陪你喝酒了！"于是行人也就不管已经喝下了多少，还是举起酒盏，一饮而尽，然后依依不舍地向送行人挥手告别，向西去了。

这样的情景，在渭水河边不知重复过多少次。到了诗人手里，就提炼成为一首词意兼美的绝句来。

诗一开头就选择了一个十分能够增强离情别绪的特定气氛：是早晨的阴雨天气，路上的灰尘给雨点粘住了，飞不起来；旅舍前面的柳树，在蒙蒙细雨中更加鲜绿了；微凉而清新的空气带给人一种凄冷的感觉。人们就在这个时候分手，这就增强了惜别的气氛。加上后二句情景交融的高度概括，于是这首绝句很快就传唱开了，并且谱入管弦。当人们同样坐在柳荫下面话别的时候，卖唱为生的乐工们就弹唱起来：

渭城朝雨，一霎浥轻尘。

更洒遍客舍青青，弄柔凝千缕柳色新。

更洒遍客舍青青，千缕柳色新。

休烦恼，劝君更进一杯酒。

人生会少。自古富贵功名有定分。

莫遣容仪瘦损。

休烦恼，劝君更进一杯酒。

只恐怕西出阳关，旧游如梦，眼前无故人。

只恐怕西出阳关，眼前无故人。

据说这就是有名的《阳关三迭》（见《词律拾遗》无名氏《古阳关曲》）。可以想见，在话别的筵席上，奏出了这样一首乐曲，会使人们受到多么强烈的感染！它的能够如此著名，正是有着当时的社会生活作为基础的。

然而，随着时代的推进，客观条件变化了，人们的思想感情也不同了。这首诗就像一件古代铜器，它日渐失掉了原有的光泽。因而这首诗的思想感情，对我们来说就变得相当陌生，不容易引起我们像前人那样的强烈的共鸣了。

但古铜器毕竟也有它标识时代的意义。正如人们对待一件珍贵的文物那样，对于这首曾经起过强烈感人作用的诗，我们还是应该另眼相看，并且推究它当时之所以如此烜赫的缘由的。

山居秋暝

空山新雨后，天气晚来秋。

明月松间照，清泉石上流。

竹喧归浣女，莲动下渔舟。

随意春芳歇，王孙自可留。

王维的山水诗有个很突出的特点，用热闹的字面不是写出热闹的境界而是写出幽静的境界。我说它是“寓静于动”或“动中显静”。同样是水飞、云起、鸟啼、花发，在别的诗人笔下，也许只能是热闹的铺排，而在王维笔下却恰好就是幽静的意趣。你看：

飒飒秋雨中，浅浅石溜泻。

跳波自相溅，白鹭惊复下。

木末芙蓉花，山中发红萼。

涧户寂无人，纷纷开且落。

人闲桂花落，夜静春山空。

月出惊山鸟，时鸣春涧中。

这一类的小诗，画面上充满了动态，有些还是十分热闹，然而境界却是异常幽静的。这些在纸上看来又吵又闹的家伙，完全没有破坏作者所企图创造的意境，反而是构成这种意境的主力。你能说不是有点奇怪吗？照我看来，这就是人们把王维的写得好的山水诗和那些冷漠枯寂的作品区别开来，认为他的诗“丰缛而不华靡”，甚至错认为是诗中具有“禅理”的原因之一。

这首《山居秋暝》，通过对于秋色的描写，说明山中仍然是一片美丽和平的恬静，从而做出人们可以继续在山中隐居的结论。开头两句，容易明白，不用多说。这里要着重谈谈的是中间那四句。

中间四句，作者全力描写秋天的晚景，亦即题中点出的“秋瞑”。写秋，前人很容易写得一片衰颓肃杀：

庭风吹故叶，阶露净寒莎。（雍陶）

听雨寒更尽，开门落叶深。（僧无可）

花酣莲报谢，叶在柳呈疏。（司空曙）

都不免罩上一层黯淡的色彩。比较豁达的是：

大暑去酷吏，清风来故人。

微雨池塘见，好风襟袖知。（杜牧）

可是王维在这里却把“空山”的秋瞑写得如此热闹：“明月松间照，清泉石上流。”上一句是所见，下一句是所闻。“竹喧归浣女，莲动下渔舟。”上一句是所闻，下一句是所见。错落地把当时的景色、人物勾画得如此幽美，又如此绚丽。看起来，这里洋溢着一片热闹；可是，这些明月、清泉、浣女、渔舟的热闹，和作者所要表现的幽静基调并不抵触，反而是相反相成地紧密地结合在一起。正如“蝉噪林逾静，鸟鸣山更幽”这两句脍炙人口的诗句，写出事物的动态不是为了破坏这个幽静的境界，而是为了烘托它。人们从这些看来是喧闹的景物中，很自然地体味出一种和平恬静，体味出恬静中的一片活泼生机，因而它给人的感觉，就不是枯寂阴森，荒凉可怕。它和那些写幽静就必然是寂寞凄清的寒瘦诗人有着截然不同的风格。

被称为“四灵”之一的南宋诗人翁卷（字灵舒），他游雁荡山时，曾写出他的观感：

背日山梅瘦，随潮海鸭寒。

平途迷望阔，峻岭疾行难。

岚蒸空寺坏，雪压小庵清。

果落群猿拾，林昏独虎行。

我不知道作者当时的心情如何，也许他认为这样才算是“真实”地写出雁荡山的景色。然而，他未免把幽静看得过分死板了，以为只有使用瘦、寒、迷、难、空、昏、坏、独等类字样，才显得出幽静，因而他不能不堕入了枯寂的一途。许多山水诗人也打不破这个圈子，把幽静通向冰冷，甚至通向死寂。有些人则惊异于王维的成就，以为他运用了什么“禅理”的法宝，是学佛有得之故，只好望洋兴叹。

只有知道幽静并不等于枯寂冰冷（假如不是有意描写枯寂冰冷的话），知道幽静与热闹之间既对立而又统一、相反而又相成的关系，才不难理解王维的比较好的山水诗何以与众不同，也就不会对它作出种种唯心主义的解释。（如明人胡应麟说王维的五言绝句“却入禅宗”。清人沈德潜说他“不用禅语，时得禅理”。此外类似的解释还不少。）

在诗的结末里，诗人用“随意春芳歇，王孙自可留”来点出自己愿意留在山中的意思。翻成现代汉语就是说，春夏两季的许多花花草草，如今都已经衰谢了。由它去吧（所谓“随意”）！山中的隐士（所谓“王孙”，是泛指，但也包括作者在内）完全能够欣赏这些迷人的秋景，用不着出山去的。收束了上文，并点出作者作诗的用意。

祖咏

699—746年，唐代诗人，洛阳（今属河南）人，开元十二年（724）进士。诗多状景咏物，宣扬隐逸生活。其诗讲求对仗，语言简洁、合蕴深厚，亦带有诗中有画之色彩。

望蓟门

燕台[1]一望客心惊，箫鼓[2]喧喧汉将营。
万里寒光生积雪，三边曙色动危旌[3]。
沙场烽火连胡月，海畔云山拥蓟城。
少小虽非投笔吏[4]，论功还欲请长缨[5]！

[1]燕台——战国时燕昭王建筑的黄金台。这里用来代表蓟门地区。
[2]箫鼓——一作笳鼓。
[3]三边——泛指我国北部边疆。危旌——高耸的旌旗，指军中大旗。
[4]投笔吏——东汉班超曾为小吏，有一次投笔长叹说："大丈夫当立功异域，安能久事笔砚间乎！"后来从军，因功封侯。
[5]请长缨——汉武帝时，终军奉使往南越，在武帝面前说："愿请长缨（绳子），必羁南越王而致之阙下。"

这首诗通过“望蓟门”这一主题，表达了作者英年奋发、立志报国的抱负。全诗紧紧环绕题目中的“望”字，极力渲染，一层进入一层，逐步深化，然后以“请长缨”作为结束，把题旨挥写到淋漓尽致、饱满酣畅的程度。

蓟门，又名蓟丘，旧址在今北京市德胜门外，唐时是北面一个重镇。写这首诗的时候，诗人自然是第一次来到。但在来此之前，又早是闻名已久的。虽然闻名已久，总还是一个模糊的概念，只知它是个军事重镇罢了。及至真正来到蓟门，放眼一望，那景象却是出乎意想之外：

“嘿！好一幅动人的景象呵！”

这就是“燕台一望客心惊”的“惊”的感情内容。句中着一“客”字，说明自己是远道而来，正好把“惊”字落实在这个特定人物的身上。这一落实，便使下文的一切情和景都带上这个特定人物的色彩了。

为眼前雄伟景色所震惊之后，接着自然是定神细看：

“箫鼓喧喧汉将营”七字，既是耳中听出，又是眼中看出。细分之下，诗人却更着重于看。因为这里“汉将营”是整首诗“望”字的焦点，下文种种都由此带起；而“箫鼓喧喧”，无非使眼中的“汉将营”加倍显出神采罢了。

进入三、四两句，诗人的眼光便从“汉将营”这个焦点散射开去，纵目观察它四周的环境。如此雄伟的层层营垒究竟是放在什么样的环境之中。

向下看，“万里寒光生积雪”；向上看，“三边曙色动危旌”。寒光生于积雪之上，眩神射目，仿佛连绵万里之外；高高的大旗飘动于曙色之中，又分外鲜明，有如俯视着北部边疆。

这二、三、四句都是“望”中之景；写这许多景又正是要说明“客心惊”之所以然。也不妨这样认为：诗人连续下了这三句动人心目的句子，目的同时在于用力烘托出一个“惊”字。

转到五、六两句，看来也还是在望，仍未脱离眼中之景。而仔细寻味，却又与三、四句不尽相同。因为前面是在吃惊之下四面观看，这里却是在观看之中还用心去想。细分是有区别的。你看：

“沙场烽火连胡月”，分明是眼看沙场，心存烽火。想到这儿是防卫北部广大地区的军事重镇，那烽火是连同边地的月亮一齐升起来的。原来唐代制度，边戍地区每天在初夜的时候，放火烟一炬，一戍一戍地传递，称为平安火，也叫夕烽。杜甫就写过一首《夕烽》诗：“夕烽来不近，每日报平安。”

“海畔云山拥蓟城”，又分明一面眼看蓟城云山，一面忖度它的形势——山环海抱，可攻可守，是个重要的战略据点。这就无怪有许多军队在驻扎了。这是进深一层的“望”，又从“望”中显出诗人的内心活动。

原来先只是惊诧，再后才去想，从望与想之中陡然激发了诗人立功报国的豪情壮志。所以在结联里就急转直下，揭出自己的志愿：

少小虽非投笔吏，论功还欲请长缨。

“投笔吏”用班超的典故，“请长缨”用终军的典故。意说，自己身份虽不同于投笔之吏，然而立功域外，为国争光，那还是要仿效前人的英风胜概的。以此来最后结束一个“望”字，真是笔墨淋漓尽致，感情饱满酣畅。

从上面的分析可以看出，全诗描写“望蓟门”有五个层次。先是放眼一望，陡然一惊；随即目光直注到箫鼓喧喧的营垒，再从汉营移到四周，观察这里的环境；然后又从这种环境想到这里的整个形势，和它在国防上的重要意义；最后，归结到抒发自己的志愿，仍不脱那个“望”字。这一层一层的“望”，无不跃动着诗人思想感情的起伏变化。形象密切与感情交融，而又层次分明，脉络清楚。它之所以受到许多诗选家的注意，是有道理的。

终南望余雪

终南阴岭秀，积雪浮云端。

林表明霁色，城中增暮寒。

《唐诗纪事》有一段关于祖咏写这首诗的故事：有一年，朝廷考试举子，试官出的诗题是《终南望余雪》。祖咏参加了这次考试，才写了四句，就交卷了。试官一看，不符合规定，问他为什么，祖咏答说：意思都写完了。

这段记载虽然简单，仍然不难使人看出这位诗人是如何忠于创作规律，尽管试帖诗由朝廷规定格式，限用官韵，而且一般至少要写四韵（八句），才算成篇（中唐以后，则规定为六韵）。但是当诗人发觉只用两韵四句已经把意思写完的时候，就坚决放下笔杆，不肯多添一个字了。在当时，像这种“不合规格”的诗是要受到摈斥的。可是，历史证明了祖咏做得非常正确。同他同时应试的“合乎规格”的诗早已为人所遗忘，而这寥寥的四句却至今为人所称道。我们从这里不难体会出一些道理。

鲁迅先生教导写文章的人，“写不出的时候不硬写”。“竭力将可有可无的字、句、段删去，毫不可惜。”他说的是写文章，而且作为规则提出来，的确很重要。文章如此，何况是诗！

诗应该是最精练的语言。有人做过比喻，它有如从大量矿石中经过反复提炼才得到的镭。一首好诗放在读者眼前，不论从内容还是从形式看，都应该是光芒四射，莹洁无瑕。它和可有可无的字、句、段完全绝缘。

历代诗评家对于不够精练的诗都曾经作过不算苛刻的指摘。当然，像试帖诗这种老八股，诗评家就懒得去动口舌了，他们要求的是一些名家或大家的作品。比如，许浑的《金陵怀古》，算得上是有名的一首诗：

玉树歌残王气终，景阳兵合戍楼空。

松楸远近千官冢，禾黍高低六代宫。

石燕拂云晴亦雨，江豚吹浪夜还风。

英雄一去豪华尽，惟有青山似洛中。

明人谢榛（茂秦）的《四溟诗话》就指摘说，这首诗中间四句是可有可无的，如果删掉这四句，“则气象雄浑，不下太白绝句”。他这个意见是不是有道理呢？是有道理的。因为中间四句的确显出了拼凑的痕迹。“松楸远近千官冢”，早已有人指出它不像是零落的故都的景象（见方回《瀛奎律髓》）；“禾黍高低六代宫”，又有点熟套（李白诗：“吴宫花草埋幽径”“亡国生春草，王宫没古丘”，此类很多）；“石燕……”一联，从整首诗看，也缺少内在的联系，看不出是怀古，显得可有可无。这些议论，近似苛求，其实对诗来说，应该是要严格一些的。

又如，白居易的《晚岁》诗：

壮岁忽已去，浮云何足论。

身为百口长，官是一州尊。

不觉白双鬓，徒言朱两轓。

病难施郡政，老未答君恩。

岁暮别兄弟，年衰无子孙。

惹愁谙世网，治苦赖空门。

揽带知腰瘦，看灯觉眼昏。

不缘衣食系，寻合返丘园。

诗共是十六句，看来他把自己的许多境况和感想，包括家庭、仕宦、年龄、疾病、儿孙、甚至眼昏、腰瘦以及学佛、思乡等，都一一罗列出来了。是不是非要这样写不可？颇有幽默感的纪昀（晓岚）肯定这当中有许多累赘，给它狠狠地开了刀，剩下来这样的八句：

不觉白双鬓，徒言朱两轓。

病难施郡政，老未答君恩。

岁暮别兄弟，年衰无子孙。

不缘衣食系，寻合返丘园。

一删以后也未见得很好。那是因为它原来就是这些话。但他这样删节是有道理的，因为诗中既有“不觉白双鬓”，那么“壮岁……”两句就成为多余的。既有“病难施郡政”，又何用“官是一州尊”？既写了老病无子等，那么“惹愁”“治苦”“腰瘦”“眼昏”，自然不在话下，删掉了反而干净利落，对于原意也并无损害。

诗人应该严格要求自己，不但可有可无的字、句、段必须竭力删掉，绝不可惜，就算并非可有可无，而是非有不可的字、句、段，也应力求再三提炼，务使达到精纯的地步。至于内容本来不多，却硬要掺沙掺水，自然更加不可为训。

话要说回来，祖咏这首诗之所以为人所称道，也不是仅仅因为它能尽意而止。这首诗本来就写得很成功。别的不说，我们试看他如何去表达题旨（试帖诗不可无题，这是科举时代的规定，所以作者也从这方面着力）：

第一句“终南阴岭秀”，用“阴岭”二字点明从北面看终南山（山的北面叫“阴”）。“秀”字则贴切地写出终南山在严冬之中石骨嶙峋的神采。第二句“积雪浮云端”，既点出了积雪的高厚，又带出了山势的高峻。两句已经把题目的“终南望雪”四字都写到了。剩下“余”字还有待于发挥。于是作者再下十个字极力写出“余”字的精神：“林表明霁色，城中增暮寒。”它是说，在傍晚的时候，雪已经停了，天色开霁，树林顶上反射出明亮的阳光。可是在这个时候，城里的人反而觉得雪威更加凛冽了。住在北方的人都知道，正在下雪时天气不算冷，最冷还在雪暗的时候。句中的“霁色”“暮寒”，正好从眼前的景色和人们的感觉两方面烘托出“余”字的精神。这样看来，四句诗已经把试题的意思都写圆满了，不多不少，正到好处，倘要增加一些什么，大抵也只能在枝节上面添添补补罢了。而这些枝节加上去以后，未必便增添了诗的境界，恐怕反而会画蛇添足，变成累赘的。

二十个字，在一般的文章里有人认为微不足道；读一读祖咏这首诗，推究它的所以然的道理，还是不无好处的。

刘昚虚

字全乙，亦字挺卿，号易轩。新吴（今江西奉新县）人。盛唐著名诗人。性高逸，不慕荣利，交游多山僧道侣。在风格上都可归为王维、孟浩然山水田园诗派。《全唐诗》收其诗十五首。

阙　题

道由白云尽，春与青溪长。
时有落花至，远随流水香。
闲门向山路，深柳读书堂。
幽映每[1]白日，清辉照衣裳。

[1]这句的“每”字作虽然解。《诗·小雅·常棣》：“每有良朋，况也永叹。”朱熹注：“言当此之时，虽有良朋，不过为之长叹息而已。”

唐诗里面写景的句子是多得无法计数的。古人把这些句子叫作“景语”，可见它是诗句中的一个大类，是随时都可以碰上的。

“景语”就是描写风景的诗的语言。这个“定义”固然一般说来不错，但未免简单化了些。从前也有人说过：“一切景语，皆情语也。”[①]这话比较中肯了，但又嫌它过分笼统，不够具体。因为仔细分析起来，“景语”不但有风景，有风景的感情；而且又藏有人物，有人物的行动、神态、感情、心理活动乃至身份、地位等等。真可说变化无方，不拘一格。有些“景语”是风景、人物、感情交织在一起；有些“景语”揭开一层，还有一层；有些“景语”就像宝石那样，从四面八方放射出虹彩，从这个角度去看和从另一个角度去看，会大不相同。唐代诗人尤其善于掌握“景语”，手法多式多样，值得做一专题研究。

诗中的“景语”，给读者带来了直觉的美感，也给读者带来了形象之外的趣味。因为它既是景物，又不仅仅是景物；它既有具体形象，又高出于单纯的形象。它使我们产生了要深入一层或升高一步去探索它的兴趣。面对着它，我们除了接受诗人所给予的，还要发掘诗人所暗示的。这似乎是“景语”能够产生不一般的艺术魅力的原因。[②]

在本书中，收有几篇文章从不同方面谈到“景语”的艺术问题。如今就先谈刘慎虚这首五律。

这首诗原来应是有个题目的，后来不知怎样失落了，人们在辑录的时候只好给它安上“阙题”二字。虽不是作者有意不安上题目，却也给我们理解这首诗时增添了一些困难。幸而诗本身是通过一连串画面引导我们进入诗中境界的。我们由此来寻味题旨，似乎还不至于离题太远。

这首诗八句都是写景（落后两句虽带有叙述性，基本上还是景色）。它是描写深山中一座别墅及其幽美环境。至于这别墅是诗人自己的还是他朋友的？我们却无从知道。如果别墅是诗人自己的，这诗就是写他日常所见的景色；否则，它就不单纯是描画风光，烘托诗人对自己别墅的惬意，而是带有一定的情节性的了。因为缺了题目，不好武断。现在姑且定为别墅是属于诗人的一个朋友的。这样来领略这首诗，似乎情趣会更多一些。

诗人的朋友住在一座深山的别墅中——不是什么豪华的别墅，一间读书堂罢了。诗人这一天兴致勃发，不辞跋涉，登山探访。诗一开头就已是进入深山的情景了。

“道由白云尽”，是说通向别墅的路是从白云尽处开始的，可见这里地势已经相当高峻。这样来开头，便已藏过前面爬山一大段文字，省掉了许多拖沓。因为是写律诗，字数限在一定范围以内，不这样剪裁是不行的。其次，我们说“景语”中藏有情节，这句便是情节的发端。它暗示诗人已是走在通向别墅的路上，离别墅并不太远了。

“春与青溪长”，现在诗人继续沿着山路前进，但伴随山路却有一道曲折的溪水。其时正当春暖花开，山路悠长，溪水也悠长，而一路的春色又与溪水同其悠长。为什么春色也会“悠长”呢？因为沿着青溪一路走，一路上都看到繁花盛草，真是无尽春色源源而来。青溪不尽，春色也就不尽，当然可以说春色也是悠长的了——这是情节的进一步发展。

三、四两句紧接上文。写青溪，写春色，又写出了诗人自己的喜悦之情。

“时有落花至”这句，要特别注意“至”字。它表达出落花是在动的，诗人也正在行动之中。这个字还可以体味出诗人遥想青溪上游一片繁花似锦的神情。此时，水面上漂浮着花瓣，诗人一面走着一面欣赏，慢慢觉得流水也散发出香气来了。句中用了“远随”，可见他还是沿着青溪走。远远走了一段路，还是时见落花漂来，于是“流水香”的感觉不期而然地产生，甚至可以肯定必然如此了。

总括上面四句：开头是用粗略的笔墨写出山路和溪流，往下就用细笔来特写青溪。仿佛是把镜头里的景物从远处拉到眼前，让我们也看得清清楚楚，还可以闻到花香水气。

终于来到别墅门前。抬头一看，“闲门向山路”。这里是没有多少人来打扰的，所以门也成了“闲门”。主人分明爱好观山，所以门又向山路而设。

进门一看，院子里种了许多柳树，长条飘拂，主人的读书堂就深藏在柳影之中。这位主人是在山中专心致志研究学问的。

写到这里，诗人去拜访朋友的一路经历——从登山到进门，都曲曲折折地描述下来了。但他不过把几件景物摄进镜头，并没有叙述经过，仅仅给你以几种不同的变化着的形象。

结末两句，诗人还是运用“景语”。他没有交代和朋友见面以后那一番酬酢应接是如何如何，仍然只就别墅的光景来描写。

“幽映每白日，清辉照衣裳。”意思是说，因为山深林密，所以虽然在白天里，也有一片清幽的光亮散落在衣裳上面。那环境的安静，气候的舒适，真是专志读书的最好地方了。

这两句也还是暗寓了情节。说明自己在这座别墅内外盘桓，亲自体验到一种清幽恬静的气氛。

十八世纪末英国的威廉·赫士列特在《泛论诗歌》里指出：“诗的光芒不仅是直射的，而且是反照的光芒：它将事物呈现给我们的时候，在那个事物的四周投下灿烂的光彩。”又说：“在描写自然事物的时候，诗歌赋予感官印象以幻想的形式，使它们与激情的最强烈活动以及自然的最突出的表现融合起来。”我们读了这首诗，很自然就会想起这段话。

景中自寓情节，这仅是唐代诗人运用“景语”的技巧之一。这种技巧虽不始于唐人，但只有到了唐人手中，才运用得异常灵活和熟练。

①清末王国维论诗词的话，见所著《人间词话》删稿。

②“景语”的问题牵涉很广，这里不能详论。

孟云卿

约725—?年，唐诗人，河南（今河南洛阳）人。其诗反对声病、藻绘，语言朴素，颇能反映当时的社会现实，为杜甫、元结、韦应物诸人所推崇。《全唐诗》收其诗一卷。

伤　情

为长心易忧，早孤意常伤。
出门先踌躇，入户亦彷徨。
此生一何苦，前事安可忘？
兄弟先我没，孤幼盈我傍。
旧居近东南，河水新为梁。
松柏[1]今在兹，安忍思故乡？
四时与日月，万物各有常。
秋风一以起，草木无不霜。
行行[2]当自勉，不忍再思量。

[1]古人习惯在墓上种上松柏等植物，因此诗中拿“松柏”作为坟墓的代词。
[2]《论语·先进》：“子路，行行如也。”朱注：“行行，刚强之貌。”

杜甫在夔州的时候，曾经写了十二首《解闷》诗，其中有一首是这样写的：

李陵苏武是吾师，孟子论文更不疑。

一饭未曾留俗客，数篇今见古人诗。

诗里的“孟子”，是杜甫的老朋友孟云卿。这首诗正是忆念孟云卿的。从诗中我们知道，孟云卿很推崇李陵、苏武的五言诗。不过据我看来，“李陵苏武”其实是汉魏五言诗的代号。孟云卿同陈子昂一样，也是主张“建安风骨”的，从他仅存下来的很少量的作品中也可以看到。

孟云卿流传下来的诗只有十七首。这是非常可惜的。他其实是盛唐时代一个值得注意的流派创始者，善于苦思冥索，内容精练深刻，常有警辟的奇句。从风格看，近似孟郊，不妨说他是开孟郊一派先河的诗人。仅仅因为流传下来的作品太少，所以名气不大罢了。

不妨寻味一下下面这些句子，并且留意它的风格：

朝日上高台，离人怨秋草。

但见万里天，不见万里道。

——《古别离》

思妇登台忆念远人，望到的只是满眼不尽的秋草。她是多么希望看得更远，看她所忆念的人是不是正在起程回来。可是……接下去那两句，刻画人物此时此地的心理难道不可以说得上“入木三分”吗？

秋成不廉俭，岁余多馁饥。

顾视仓廪间，有粮不成炊。

——《田园观雨兼晴后作》

假如把自己家里的粮食吃光了，官家的米仓当然还藏有不少，但不是自己可以随便拿来煮吃的。语气不算激烈吧！那含义却真能使人深思。

他描写一位公子哥儿在郊外打猎，有两句就更妙了：

所发无不中，失之如我仇！

——《行行且游猎篇》

这个少爷认为自己的箭术百发百中，不料一箭射了个空。于是他暴跳如雷，把过失都推到别的人身上，连制弓造箭的匠人（虽然不在他身边）也都给他痛骂了一顿。活活画出一个轻佻浮躁家伙的神态来。

我们对他的诗只能“窥豹一斑”，这不能不是一件憾事。如今还是谈一谈他这首《伤情》。它似乎可以多少印证唐代诗选家高仲武的话：“当今古调，无出其右者，一时之英也。”（见《中兴间气集》）

孟云卿早年的生活似乎很贫苦。在家里他是大哥，父亲却很早逝去。一家的重担一下子落在少年人的肩膀上。没有这种经历的人恐怕很难设想是什么一种味儿。“为长心易忧，早孤意常伤。”这两句还不算很出人意外，可是，“出门先踌躇，入户亦彷徨”。如果不是亲历其境的人无论如何是写不出来的。这里面藏有多少焦虑、忧疑、犹豫、畏缩，又有多少希冀侥幸、患得患失、腼颜向人以至伤心失望。出门时，已是一片忧心忡忡；入门后，又是一副无精打采。然而对着幼小的弟弟还得考虑怎样去安慰、劝导和鼓励。……这真是不容易挨过的日子呵！

好容易待到安史之乱平定了，弟弟们也长大了，成家立室。自己的担子该可以减轻了吧！不料大小弟弟忽然相继去世，剩下来的又是一群更弱小的孤儿们。

写到这里，他实在不忍再写下去。缓一口气，他提起另外一些事情。

孟云卿原籍是河南人（今河南洛阳市）。不知是为了出外谋生还是逃避安禄山的乱兵，一家人早就离开家乡。他已经定居在长江边上的荆州（今湖北江陵县），时间也不短了。因为是在山上他弟弟的墓地附近凭吊，触景伤情，追念了以上一段往事，其实时间过得很快，墓上种的松柏都已长大。再看远些，山下东南角便是自己住的那座破旧房子，一条小河盘绕山脚而过。为了方便来往，新近还搭起一道桥。看到这一切，回洛阳故乡去的念头早就断绝。本来，流寓他乡老死不归，在古人看来是不幸也不光彩的，但又有什么办法？他只好替自己开解。于是提笔写了下面这一段话：

天上四时八节，日月五星，地上世间的一切，都各有自己的活动规律。人当然也逃不过规律的支配。你看秋风一到，花草树木都纷纷凋零了。但人到底同草木不一样，还是应该坚强起来，勉励愤发，在困难之中杀出一条路来，不要让“秋风”和“寒霜”压倒自己。至于那些伤心的事情就不要再去想它了。

他到底是个意志坚强的人。他下了“行行”两字，是想到在老师面前也显出一副倔强不驯的神气的子路（仲由），觉得自己也不是个软弱者。

孟云卿的晚年有点儿像杜甫。杜甫流落西川，他却是漂泊在东南一带。他们对天宝末年那场杀人如麻的战乱都抱着深沉的悲痛，往往结合个人的身世吐露出来。难怪杜甫会引为同调，赞他是“数篇今见古人诗”。大历二年（公元767年）还趁妻弟崔漯到荆州去的机会，托他问候薛据和孟云卿。在送别的诗里说：“荆州过薛、孟，为报欲论诗。”还想听听孟云卿对诗的意见呢！

唐末，诗评家张为写了一本《诗人主客图》，称孟云卿为“高古奥逸之主”，而且把韦应物、李贺、杜牧这些著名诗人都归入他的门下。为什么呢？可惜我们如今无法体会出更多的所以然来。孟云卿在盛唐诗人中，本来是应该特书一笔的。

高適

约700—765年，字达夫，渤海蓨（今河北景县南）人。其诗笔力雄健，气势奔放，洋溢着盛唐时期所特有的奋发进取、蓬勃向上的时代精神。所作边塞诗对当时的边地形势和士兵疾苦均有所反映；《燕歌行》为其代表作。和岑参齐名，并称『高岑』。有《高常侍集》。

封丘[1]作

我本渔樵孟诸[2]野，一生自是悠悠者[3]。
乍可[4]狂歌草泽中，那堪作吏风尘下！
只言小邑无所为，公门百事皆有期。
迎拜长官心欲碎，鞭挞黎庶令人悲。
归来向家问妻子，举家尽笑今如此。
生事应须南亩田，世情尽付东流水。
梦想旧山安在哉？为衔君命且迟回。
乃知梅福徒为尔[5]，转忆陶潜归去来。

[1]封丘——古地名，在今河南商丘市。

[2]孟诸——在河南商丘市东北，古代是一个沼泽地区，《书·禹贡》作“孟猪”，《周礼·职方》作“望诸”。

[3]悠悠——一般平庸的人。《后汉书·朱穆传》“悠悠者皆是，其可称乎！”。

[4]乍可——只可。

[5]徒为尔——仅仅是为了这个原因。

盛唐诗人中，除李白、杜甫和王维、孟浩然之外，高適、岑参也是并称的。两人生活在同一时期，同有诗名，同样到过边疆部队中工作，各写下一批反映边塞生活的诗歌。但两人却又各有所长。岑参的边塞歌行雄阔奇崛，光彩四射，自成一家；而高適的作品则苍凉郁勃，多同情人民疾苦之作，又不是岑参所能企及的。从诗歌的成就来说，“春兰秋菊，各擅胜场”。“高岑”并称是无愧的。

高適出身比较贫寒，早年曾在封丘度过十多年的耕渔生活，其间也曾漫游过北方和东南一带。由于较长期接近群众，对人民疾苦有较多的了解，也有建功立业的抱负，是一位颇有清醒头脑的诗人。你看他一来到北方重镇的蓟门，就翻腾起种种忧国忧民的心事：

策马自沙漠，长驱登塞垣。

边城何萧条，白日黄云昏。

一到征战处，每愁胡虏翻。

岂无安边书？诸将已承恩。

惆怅孙吴事，归来独闭门。

——《蓟中作》

他看到由于连年战争频繁，边城都变成一片萧条了；地近塞外，北方胡人会不会乘虚而入呢？他还看出了当时掌握边防大权的是平卢、范阳、河东三节度使安禄山。这是一个骄横跋扈而又包藏野心的家伙，却正在受到唐玄宗的信任和宠爱，自己即使要提出安定边疆的意见，看来也是不会被接纳的。纵然有孙武、吴起的谋略的人，也只好回家闭门闲坐罢了。可以看出，他对当时局面观察得何等深刻，仿佛是在预告“安史之乱”快要爆发了。

这里选录他一首《封丘作》，是从一个下级官吏——县尉的身份，反映当时政治局面的动乱和个人心情的苦痛的，在高適的作品中有一定的代表性。

这首诗，有人说是写于开元二十三年（公元735年），也有人认为是写于天宝六载（公元747年）。它是高適被朝廷委任为封丘县尉后写的。

一开头，诗人就以失望的情调写出一种无可奈何的心情。

他说：“我本来在孟诸野以捕鱼樵采维持生活，自然是所谓平庸无用的人，只应在山野草泽之间放声歌唱，哪有资格在城市风尘之中做一员县尉呢？”

县尉是掌管一县治安的基层官吏，职责主要是向老百姓追租催赋，办理刑狱，搜捕“盗贼”。一个有志向有理想而又头脑清醒的人，要他亲自去干这些事，心情的苦恼是可想而知的。

他起初以为，封丘是个芝麻大的地方，不会有很多事务纠缠。古人不是也有所谓“吏隐”吗，姑且当它是隐居也未尝不可。谁知道一进了公门，什么事情都要按期限刻赶着办。什么大官员路过此地啦，马上得准备人夫车马；什么新官员上任啦，马上要恭恭敬敬出城迎接；什么豪贵的家中失窃啦，马上得亲自到现场办案。还有什么租（田税）啦，调（土产交纳）啦，庸（无偿服役）啦，役（兵役）啦，各色各样向老百姓敲诈剥削的事，县尉都得亲自办理。天天都有无辜的可怜的老百姓给捆绑到衙门来，打得皮开肉绽，血流满地。看到这些场面，实在令人心里难过极了。

可是回家去问家里人的时候，一家人都笑起来，说如今到处都是这个样，你一个人发牢骚也没有用。何况人要生活下去，除非家里还有可耕的田，否则，你只好把天真的“合理的想头”抛到东洋大海去。

这段叙述，行文虽然简单，内涵却是很不简单。它从一个侧面揭露了唐王朝深刻的阶级矛盾和社会危机。一个有理想的同情人民疾苦的人是不能在这样的腥风血雨中立足的，除非你甘心同流合污，归到他们那一伙去。

可是一提起故乡，他又感到丧气了。他原是沧州渤海（今河北沧县附近）人，那儿根本没有他的田产，实在说不上是自己的家乡。“南亩田”既然没有，这个使人不能忍受的职务也就一时摆脱不开。只好托词说是接受了皇帝的委任，欺骗一下自己了。

但这种自欺连自己也觉得荒唐可笑。

他想起，西汉那位做过南昌尉的梅福，宁可辞掉官职去当一名吴门的市卒。东晋的陶渊明“不为五斗米折腰”，终于弃官归家，宁肯向邻居乞食，也要赋他的《归去来兮辞》。

后来他当真辞掉这个县尉，转到河西节度使哥舒翰幕下当了一员掌书记。不过此后他的官运很好，一直做到西川节度使，散骑常侍。梅福、陶潜云云，就变成一时的牢骚话了。

但他虽然是盛唐著名诗人中名位最显达的一个，他的政治理想却终于不能实现。晚年的时候，他写诗给杜甫，慨叹："身在南番无所预，心怀百忧复千虑。"仍然是相当苦闷的。

在"安史之乱"前夕，朝廷中有李林甫、杨国忠等奸佞之臣在弄权作恶，边疆上又多是骄横不法的武臣。广大农民受到沉重的租赋征戍的重压，阶级矛盾逐步激化了。这些大乱前夕的景象，在盛唐诗人的笔下曾经不断反映出来。这些诗人是尽了作为诗人的责任的，他们毕竟无愧于时代。

岑参

约715—770年，江陵（今属湖北荆州）人。岑参诗歌富有浪漫主义的特色，气势雄伟，想象丰富，色彩瑰丽，热情奔放，尤其擅长七言歌行。其对边塞生活有深刻体验，善于描绘塞上风光和战争景象。有《岑嘉州诗集》。

白雪歌送武判官归京

北风卷地白草折，胡天八月即飞雪。
忽如一夜春风来，千树万树梨花开。
散入珠帘湿罗幕，狐裘不暖锦衾薄。
将军角弓不得控，都护铁衣冷难着。
瀚海[1]阑干百丈冰，愁云惨淡万里凝。
中军置酒饮归客，胡琴琵琶与羌笛。
纷纷暮雪下辕门，风掣红旗冻不翻。
轮台[2]东门送君去，去时雪满天山路。
山回路转不见君，雪上空留马行处。

[1]瀚海——指沙漠。又唐瀚海军，开元中盖嘉运置，治所在北庭都护府城内。见《旧唐书·地理志》。

[2]轮台——唐贞观中置县，治所在今新疆维吾尔自治区米泉区境。显庆二年（公元657年）置都督府于此。

许多人都赞美岑参的《白雪歌》《天山雪歌》等一组边塞诗，觉得他描写我国西北地区的风光真是雄奇壮丽，色彩缤纷，变化开合，惊心骇目。这些作品在唐代诗坛中，别树一帜，与众不同。不但内容是新奇瑰异的，风格是豪健犷野的，而且笔下的形象又是如此变幻动荡，有一股强烈的吸引力，使人神往。十年的边塞生活，冰天雪地、风沙碛石的亲身阅历，使这位诗人开拓了诗国新的境界，登上了前人还未涉猎过的奇峰。

但是除此以外，我还发现岑参创造了一种与别不同的艺术手法。那就是，对于当时已成风气、一般诗人都免不了的送往迎来的题材，他能大胆加以革新。题目虽然还是送行赠别，他在诗里却以大量篇幅来描绘山水的雄奇或塞上的风貌，只是临到末了，才轻笔一点，点出送行赠别之意。这种手法，一方面，既不至于丢掉了题中应有之义；另一方面，又避开了那套老八股。从自己来说，是写了一首好诗；从朋友来说，既接受了友情的抚慰，又满足了欣赏的愿望。

试想想吧，行人在遥遥征途之中，无聊得很，当然想尽情欣赏朋友们写给自己的诗文。假如翻来覆去都是差不多的千篇一律，实在未免扫兴失望。如果读到的竟是闪烁夺目的篇章，心里的那份高兴，不就像发现珍宝那样带劲吗？又何况连后世的读者读到了也要表示感谢呢！

在岑参的诗集中，像《白雪歌送武判官归京》《热海行送崔侍御还京》《敷水歌送窦渐入京》《天山雪歌送萧治归京》，等等，用的都是这种手法。可见他并不是偶尔拾来或无意中巧合而已。

自然，岑参仍然写了不少“应酬八股”，和《白雪歌》一类古风风格迥然不同。那些都是规规矩矩的律句。其原因，或则他还没有到边疆去开阔眼界，生活的局限使他摆脱不开陈旧的笔墨；再则运用的体裁又是束缚性很大的五律，短短四十个字，不容易放笔挥洒。即便已从边塞回来，有了上面说的创作经验，但应酬经常难免，而好诗却不是随手可得的。我们倒是应该珍重诗人开创诗境的精神，尽管从数量上说还不算太多。

这首《白雪歌》是天宝十三四载（754—755年）之间，岑参在北庭都护、伊西节度、瀚海军使封常清幕下当安西北庭节度判官①，驻军轮台时，为一位姓武的判官送行而作。诗里把西北边疆的大雪和严寒，用生动的语言和夸张的手法，突出了一幅奇丽绚烂的景色。

还仅仅是农历八月，北风已经卷地而来，其势之猛，把塞外能抗风沙的特有白草全都刮倒了。跟着，一场大雪铺天盖地而来，一夜工夫，所有树上的枝枝丫丫都沾满了雪。抬眼看去，恍如千万株梨树经过春风的吹拂，一下子绽开了满树梨花似的。

它是先写那茫茫的原野。风力的强劲，雪势的威猛，景色的陡然变幻，便把读者带进了一个冰天雪地的世界。

跟着，笔锋转到戍守部队的戍地。

大雪飞进了垂着珠帘罗幕的中军帐内，转眼又化成一汪汪冰水。尽管燃着熊熊的炉火，室中人还披上狐裘或盖上锦被，仍然敌不过严冬的寒威。在这极度苦寒的天气里，将军们双手冻得连弓也扯不开，主帅的铁甲也难以穿到身上了。

然而武判官却就在如此酷寒的天气中出发。这可不是一站短路。轮台离长安有多少路程呢？按照《旧唐书·地理志》的记载，北庭都护府[②]在京师西北五千七百二十里。真不是一次轻松的旅行！诗人预先给这位判官设想了这段艰苦无比的旅况：

瀚海阑干百丈冰，愁云惨淡万里凝。

像海一样浩阔无边的雪地，纵横交错高低不平的雪谷，恍如百丈奇峰欹危欲坠的雪崖，冻得化不开的阴云，阴阴惨惨，不知伸展到什么地方才算是尽头。

然而武判官为了公事，还是不能不走。同僚们只好置酒为他送行。

炉火熊熊的中军帐里，军中的乐队来了。他们演奏着各种乐曲。乐器之中有胡琴、琵琶，还有羌笛。异邦情调和中原本色的乐声合成一股暖和的洪流，回旋在热闹的营帐之中。筵席上夜光杯盛着葡萄美酒，在灯光炬火的晃动下闪闪发出各种奇辉。同僚们都为远行的朋友举杯祝福，祝他旅途顺利。

可是外面的雪下得更大了。

当他们一行人走出辕门的时候，风雪交加，天色越发暗了下来。辕门插着的红旗，让冰雪紧紧地冻住了，尽管北风使劲地吹打，旗子也还是翻卷不起来[③]。

在这样一幅瑰奇而严伟的景色中，我们分明看到戍守的将士们在无比艰苦的条件下如何警惕地守卫着祖国的边疆。他们把艰苦的生活视为当然。你看武判官为了把边防和部队的情况向中央报告，还是冒着特大的风雪毅然出发。路途的艰苦根本不曾放在他的眼里。

武判官带着一队卫士走了。诗人一直送他到轮台城的东门。眼看着一行人在渺无人烟的路上顶风冒雪前进，渐渐隐没在山脚的那一边。这时候，雪地里什么都没有，只留下他们一行人走过的马蹄印迹。

这真是动人肺腑的一幕！边地的苦寒，戍守的艰重，行人的勇毅，都在冰光雪色中充分烘托出来了。

然而它毕竟又是一首送行诗，不过没有应酬的老套，乏味的庸言。它给予我们的是感动、振奋，还加上耐人寻味的艺术享受。

①判官——唐代特派担任临时职务的大臣。都可自选中级官员奏准充任判官，作为佐理。

②北庭都护府——唐六都护府之一，长安二年（公元702年）置。

③隋虞世基《出塞》诗已有“霜旗冻不句”（《全唐诗》作虞世南），但不及岑参写的生色。

虢州后亭送李判官使赴晋绛得秋字

西原驿路挂城头，客散江亭雨未收。

君去试看汾水上，白云犹似汉时秋？

在岑参的七绝中，这首诗颇为选家所注意。但是我们要读懂这首诗，却至少要打开两重障碍，其一，是诗的写作年代及其时代背景；其二，是判断最后一句话的语气。不解决这两点，我们只能徒然欣赏它辞藻之美，却无法明白它的思想内容。

看题目，自然是送行之作。“得秋字”是临时在席上抽到的诗韵。当时的虢州城，在今日河南灵宝市城南数十里，大抵依山建筑。西原是城外一个地方。可以想见，北出黄河的驿路是由城外绕山而去的。所以诗的开头，才有“西原驿路挂城头”的话。这句点出送行题目，在艺术处理上也有可谈之处：它骤看是写景，城堞现出了一角，远处有重重叠叠的山，驿路在山上穿行，看来就像挂在城头似的；但其实它已经是在叙事了。如果胡诌一联作为说明，那就是“驿路绕山间，行人向此去”。这样写当然笨拙得很，作为释诗，却也不妨。我们再把这第一句和次句连起来读，还可以看到一幅雨中送客的场景。除了城堞耸峙，远山一抹，驿路蜿蜒之外，江边还有送客亭；在雨景中又可以看见行人上路，主人殷殷相送的动作。纯然以写景来叙事达情，却又达到情景交融的艺术效果，这是作者在摄取、提炼、表现三方面都下了力量的最好说明。

然而，仅仅这样，这首诗的思想价值就谈不上什么了。其实，作者在诗中倾注的思想感情，要比单纯的送别友人深广得多。但要了解这一层，我们先得谈谈诗的写作年代及其时代背景。

根据考证，我们知道岑参于乾元二年至上元二年（公元759至761

年）出任虢州长史（闻一多：《岑嘉州系年考证》）。这几年里，唐帝国的局面是十分不妙的。天宝之乱还没有结束，759年，郭子仪等九节度使之师大溃于相州（今河南安阳市），李光弼弃东京（洛阳）退守河阳（今河南孟州市）。次年，西北的党项人入侵，吐蕃又攻陷廓州（今青海化隆县南黄河北岸）。又次年，党项继续侵入，掠宝鸡、好畤（今陕西乾县附近）等地；李光弼再败于邙山，河阳、怀州皆陷。唐帝国的封建政权正处在风雨飘摇之中。岑参所在的虢州和这位李判官所去的晋、绛（晋州治今山西临汾县，绛州治今山西绛县），虽然还没有发生战事，但是地方秩序动荡，军事征发烦扰，人民生活困苦，都是可想而知的。

就在这样的背景上面，我们看到诗人感慨遥深地写下了这两句话：

君去试看汾水上，白云犹似汉时秋？

话里隐藏着一段典故：有一年，汉武帝刘彻到河东（今山西地区）去，祭了后土之神，又坐船在汾水上游览、饮宴，高兴起来，做了一首《秋风辞》。有“秋风起兮白云飞，草木黄落兮雁南归”的话。汉武帝在位时，是中国国力强大的时代，不仅领土比前扩大，边境的安全得到确保，而且打开了中国和中亚细亚、南洋等地的交通，使中国成为世界上强大的国家。唐帝国有一段时期，国力之盛，比起两汉有过之而无不及。然而，安史之乱一来，却突然落得如此可悲的局面，诗人自然是不能不深有感触的。恰好李判官要到晋绛去，诗人于是想起了汉武帝这个代表人物。他含蓄地向他的朋友提出这样的探问：“李判官呵！你到汾水的时候，看看那里的云光山色，可还像汉武帝那个时代那样雄伟壮丽么？”很明显，隐藏在这两句话后面的，是诗人对于唐帝国衰落的深沉的叹息。汉武帝的豪情胜概已经不可再见了，唐帝国的声威功业难道也是这样结束吗？这是对祖国命运抱着深切关怀的感情流露，它产生在像岑参这个长久在西北边防军队中工作的诗人身上，是特别使人觉得感情激荡的，有了这两句，就给这首送行诗平添许多光彩，我们喜爱它，就不仅仅因为它在艺术上的成就了。然而，假如把末后一句标成一个句号，变成为直叙的语气，这首诗的深刻含意却难以看出来的。读诗要注意语气，这便是一例。

有什么理由说岑参这两句一定是慨叹呢？

武则天在位时，有一位宰相李峤，曾写过一首《汾阴行》。最后四句说：

山川满目泪沾衣，富贵荣华能几时？

不见只今汾水上，唯有年年秋雁飞！

据说，当安禄山的队伍快要攻入长安，唐玄宗决定出走，在花萼楼听见歌伶演唱这首诗，听到“山川满目”这几句时，大为感叹，不等曲终就起座离去了。

李峤的诗和玄宗这个故事，岑参当然是知道的。那么，“白云犹似汉时秋”，不是慨叹“开元盛世”一去不返，又是什么呢？

春　梦

洞房昨夜春风起，故人尚隔湘江水。

枕上片时春梦中，行尽江南数千里。

用对于梦境的描写，来抒发自己的某种思想感悟，在诗歌里是常见的。杜甫的《梦李白》是借梦来表示对朋友的强烈怀念；李白的《梦游天姥吟留别》，是借梦来表述自己对名山胜景的热烈向往；还有白居易的《中书夜直梦忠州》则是对忠州旧游的追怀。他们的描写手法各自不同。杜甫的情意深挚，李白的热情奔放，都各各显示着本人的独特风格。岑参这首《春梦》，表面看来，句子是比较平淡的，但是在平淡之中却具有醇厚的情致。

诗中的主人（也许就是一个女子吧）是在腊尽春回、春风开始轻轻飘进人家屋子里的季节，突然想起了离别很久、并且说定了要在这个时候回来的远人，却并没有随同春风一起回到自己的身边。她于是推开窗子，望着已经凝望过不知多少次的远方。在烟云掩映中，隐隐约约的仍然可以看出前面是雪练似的湘江，而故人正是渡过这道河流，向南方远远去了的。

在这里，我们惊奇地看到诗人惊人的想象力和艺术技巧：他在“枕上片时春梦中”一句底下，突然接上“行尽江南数千里”七个字。那真是像古代的术士施术于他的水晶球一样，我们也仿佛和诗中的主人一起，同时进入了梦境。

我们看到她的梦魂从躯体中飘然而起，穿出窗外，迎着料峭的春风，从乱山的头上飘过，从滔滔的湘江飘过，从莽莽的原野上飘过，一路上，她忽而焦急地徘徊四顾，忽而又匆遽地继续前行。起初，她以为她的故人是在归途之中，希望在半路上就迎住了他，然而走到湘江的尽头，仍然不见踪影。可是，前面已是高耸的南岭和茫茫的大海，她只好失望地折回头来，继续穿过波涛汹涌的东海……为了渴欲相会的强烈愿望，她不惜冲寒犯露，不惜数千里长途奔涉。——我们就是通过诗人这种形象性的描写，看到一个感情真挚、意志坚强的灵魂，正在和她的不幸的命运进行着顽强的搏斗。

唐代诗人往往敢于大胆驰骋他的想象，而又有能力把这种大胆的想象陶融为诗的语言，为美丽的形象，并且驯服地受着格律的规范。这里“枕上片时春梦中，行尽江南数千里”的浪漫主义手法，在文艺作品中，我们从南朝宋刘义庆的《幽明录》所记杨林的故事，以及唐人小说《枕中记》《樱桃青衣》等，可以看出类似之处。然而小说所写，无非在于说明人生的飘忽，劝人们对生活不必过于执着，是消极出世的；而这首诗却与之相反，整个调子是向上的，昂扬的。尽管诗中的忆念之情是如此强烈，但是诗人并没有下一个忆念的字眼，但它比写上千百个忆念的字眼还要来得感情深厚。正是因为诗人树立了令人目夺神摇的艺术形象——一个性格顽强感情真挚的灵魂，不但不甘心于为一角小楼所关锁，也不是千里途程所能阻限的。对于这种对美满生活顽强追求的坚强意志，我们体会了以后，自然不能不受到强烈的感染，并且深深地激动。

宋代词人晏幾道有一首《蝶恋花》说：“梦入江南烟水路，行尽江南，不与离人遇。”深情婉转，意味无穷，正是从岑参这两句诗点化出来的。

李白

701—762年，字太白，号青莲居士，被后人誉为『诗仙』。祖籍陇西成纪（今甘肃静宁西南）。诗风雄奇豪放，想象丰富，语言流转自然，音律和谐多变。李白的乐府、歌行及绝句成就最高。其是屈原以来最具个性特色和浪漫精神的诗人。有《李太白集》。

金陵酒肆留别

风吹柳花满店香，吴姬压酒唤[1]客尝。

金陵子弟来相送，欲行不行各尽觞。

请君试问东流水，别意与之谁短长？

[1]压酒——用粮食酿酒，到熟时把酒压取出来，具体操作情形待考。唤——一作“劝”。

李白要离开金陵（今南京），临走的时候，一班朋友给他饯行，在酒店他写下了这首诗，作为临别纪念。从诗的内容来看，给诗人饯别的是一班年轻朋友，这首诗也应该是李白青壮年时代的作品。

留别的对象既是一班朋友，也就同留别一两个朋友有所不同。这是我们读这首诗的时候首先要注意的一点。明代诗评家钟惺似乎也注意到这点，他评此诗说："不须多亦不须深，写得情出。"对这句话应该这样去理解：因为既是一班朋友，彼此交情新旧不一，各人身份也不尽相同，话说得太具体，或作过分刻画，未必都切合各个人的交情和身份；然而假若含糊笼统，来一番熟套，感情又难免流于浅伪，朋友们难免怀疑自己不重视交情，所以又必须"写得情出"。

我们且看诗人是如何下笔的：

开头两句，诗人先点出送别的时间和地点。风吹柳花（柳絮），自然是春末；吴姬压酒，自然是酒店。两句构成一幅很美的扬子江边的画图，不但写出送别的环境气氛，似乎还透露出金陵风物很美，自己舍不得离开的惜别之意。

"金陵子弟来相送，欲行不行各尽觞。"——一班金陵的年轻朋友，听说自己要离开了，都纷纷前来送行，彼此临岐惜别，"欲行"（要走的人）、"不行"（不要走的人），双方都尽情地干杯。诗人通过这两句，道出了金陵朋友对自己的友谊，同时道出自己要离开时，也舍不得这班朋友。下字虽然不多，包含的感情却并不浮浅。

留别的情意在这四句里已经点出来了，可是还不能说已经写得足够饱满，因此下面就要加重笔墨，把大伙儿此时的惜别之情淋漓地挥洒出来。这里只用了十四个字：

请君试问东流水，别意与之谁短长？

滚滚长江，无穷无尽地向东流去。咱们大家的惜别之情，比起长江流水，到底谁短谁长呵！悠扬跌宕，一唱三叹，惜别的主题，至此才抒发得饱满酣畅。长江流水，切合金陵景色，拿它来比喻彼此惜别之情，形象的丰富生动，自然不在话下，而又能把所有送别的朋友和远行者自己的共同意念一齐包括在内，使人仿佛看到那浩瀚的江水便是这一伙朋友深厚友谊的体现，所以使人只觉其感情之真，涵盖之广，而绝不感到浮泛。

整首诗感情饱满，丰采华茂，唱叹而不哀伤。可以窥见诗人青壮年时代才华发越的一斑。

也许会有人说，首句中的柳花，指的既是柳絮，哪里来的“满店香”？说不定是从下句“压酒”而来的。应该解作满店是酒香才对。

这里牵涉到艺术上的虚与实、真与不真的问题。柳絮并没有香味，这是事实；但是一则柳絮本来就有点像花，容易引起香的联想；二则从诗人此际的感受来说，即从诗人对金陵风物的留恋所引起的感情来说，却不妨承认柳絮也是香的。中国的水墨画，常有不似之似，或初看不似而熟视甚似的例子，在诗歌中也可以取得一些例证。正如苏东坡咏杨花词“似花还似非花”，是似又是不似。宋人曾公亮在甘露寺投宿，从窗中下望长江，写出了“要看银山拍天浪，开窗放入大江来”之句，是似还是不似？恐怕好处正在似与不似之间。他如“黄河之水天上来”“月明如水浸楼台”“孤舟蓑笠翁，独钓寒江雪”不胜枚举。这里的“风吹柳花满店香”，也是乍看不似而细思甚似的一例。至于下文接着写了“吴姬压酒”，说满店的香与此有关亦可，却无须加以科学分析，反正“满店香”是事实，“风吹柳花”“吴姬压酒”同样也是事实，三者已经融成一片。诗人不妨说“柳花”有香，读者也毋宁承认这种诗的现实，不去破坏它那完美的意境。这样，这两句诗就好解释，而不必硬说“满店香”只能源于“吴姬压酒”了。

静夜思

床前明月光，疑是地上霜。

举头望明月，低头思故乡。

清代有一位词选家，曾经推崇北宋秦观和晏几道二家的词，说他们的长处是“其淡语皆有味，浅语皆有致”。评价是很高的。因为能够做到淡语有味和浅语有致，不仅是个艺术技巧问题，更主要的是思想感情问题。浮浅的思想，虚伪的感情，尽管也有技巧作为粉饰，淡毕竟只是淡，浅也毕竟只是浅。自然，完全缺乏艺术技巧，要求有味和有致，也是不可能的。

深挚的感情藏在表面的平淡之中，往往要读者耐心寻味它的好处。正如橄榄要细嚼才能领略它那特有的芬芳，又如醇酒不是在口里使人陶醉。要这样的平淡，才经得起咀嚼和回味，受得住时间的磨洗。

并非只有绚烂或雄奇才足以打动人心。火炭蒙上一层白灰，乍看好像已经熄灭了，只要用火棒轻轻一拨，火就熊熊地燃起来。这一拨岂不平淡！同样的道理，要拨动一颗具有和自己的思想感情相通的心，固然也要讲究手法，可是高明的艺术家能在平淡中显出实在的力量，轻轻一拨，便能产生强烈的共振。

李白这首《静夜思》不是字面上有什么惊人之处，构思也不特别新奇。然而动人的正是那种平淡。此中的道理是值得艺术家深思的。

诗人看到明月，引起对故乡的怀念。这是通过一种联想。他是在早年还居住在故乡的时候看过一轮明月，看过月光照进屋子里，并且曾经忽然产生过地下结了霜的怀疑。印象深深印在自己的脑子里。如今虽然年纪大了，也已不在故乡，可是还是一轮明月，还是地上反照的月光。在这一刹那间，故乡的往事突然涌上心头，而且恍如历历在目。怀乡的感情给强烈地拨动了。

不同生活经历的人有不同的联想。一个老战士，在工厂里忽然嗅到一股特殊的硝烟气味，别人并不觉得什么，他却会联想到从前他参加过的某一场战役。不是有过一篇小说，开头写主人公在街头闻到一股木樨花的香气，陡然回忆起儿时一段往事吗！类似的经验我们也常会有，只不过不一定是硝烟的味儿或木樨的香气罢了。

每个人在看见明月的时候，可能都会有一些联想，儿时的，少年时候的，或者是在家乡，或者又是在别的地方。具体的情况不会完全相同。但假如是离开家乡的人，他对家乡又有难忘的感情的话，因明月而想起家乡，这种联想却是许多人都会有的。听说早些时候有一位华侨特别留意打听新编的唐诗选本有没有选上李白这首诗。即使他没有说出多少理由，我们也不难推想，为什么对于这首诗的感情共鸣，会如此强烈地产生在一个旅外华侨身上。不妨想想，他曾经度过多少个“举头望明月，低头思故乡”的夜晚呵！

所以，假如彼此的思想感情是有共同基础的，平淡的语言也就并不觉得平淡。深交的朋友，往往在平淡中见出深挚之情，这是许多人都有的感觉。陶潜的诗，有人说是“以平淡见胜”，但如果不是有和陶潜相近似的思想感情和生活环境，我看是未必会认为这种平淡就是很了不起。

李白这首短短二十个字的诗，如此脍炙人口，深入人心，我看还有一个原因，那就是许多人初步接触唐诗时就遇上了它，或者简直就是双亲给自己口授的，所以印象特别深刻。影响晚清思想界很大的诗人兼思想家龚自珍就说过，他自己有三种特殊的爱好，其中之一就是吴梅村的诗。因为在他只有几岁的时候，他母亲就在床前教他念梅村的诗了。后来虽然年纪大了，但一种依依膝下的情景，仍然常常通过这些诗而重现眼前。这也是一种情感的纽带，把自己和诗人拴在一起的无形的纽带。

请轻声念一念“床前明月光……”吧，你脑海里浮现的是什么样的情景？

玉阶怨

玉阶生白露，夜久侵罗袜。

却下水晶帘，玲珑望秋月。

宫闱里的悲剧，即所谓《长门怨》，是封建社会永远也演不完的悲剧之一，因此它又是在封建社会里反复出现的诗歌的主题，虽说很久以来，《长门怨》的主题内容便已不限于宫闱之内，而是连君臣之间的关系也包括了进去。许多逐客羁臣，常常借以发挥，使它的社会内容进一步扩大了。但也正因如此，《长门怨》这诗题便很像聪明的考官出的题目，不断吸引着诗人前来应试，并且应试者总是愿意通过它把自己的思想感情毫不忸怩地坦示出来。

当然，我们很难一一具体地指出哪一个应试者只是写宫闱之事，哪一个又是在写君臣关系。不过有一点却可以看得出，就是他们对于封建帝王的态度，的确各有不同。翻开《全唐诗》，我们就仿佛看见有这么一群“举子”，他们想象着、模拟着被禁闭的女子的心情，七嘴八舌地说着各种不同的议论。“妾妒今应改”，这是一种悔罪的哀鸣！“妾心君未察”，这是另一种表示委屈的叹息；也有人妄想“圣明天子”有一天回心转意，只需“将心托明月，流影入君怀”，便会出现奇迹了。当然，除此之外，也还有表示愤懑不平的。例如刘皂的“珊瑚枕上千行泪，不是思君是恨君”说得十分激烈，也十分坦率。总之，在这个题目前面，仿佛有一面大镜子，照出诗人媸妍异态，各各不同。

李白的《玉阶怨》，写的也是这么一件事。很明显，诗人是同情这些被抛弃并且被禁闭的女子的。他不愿意替她们装出一副可怜相，说什么“天上凤凰休寄梦，人间鹦鹉旧堪悲”，更不愿意说出“君王嫌妾妒，闭妾在长门”这些颠倒是非的话；但是他也没有把自己的思想倾向明白地宣说出来，而是巧妙地勾画了一幅有着典型环境的《永巷望月图》。在这幅画图里，诗人隐喻了自己的思想倾向。

通过诗里的二十个字，人们可以看到一个异常阴冷的场景：长夜无人，四周静寂如死，只有一个孤独的少女，久久地悄立阶下。她也许在想些什么，也许什么也没有想。直到夜色已深，白露泠泠，侵入罗袜，她才忽然醒悟过来。然而当她返身回到屋子里，把水晶帘子放了下来，却还不愿意回到房间去，仍然痴痴地站在帘前，透过玲珑的疏帘，凝望着眼前的秋月。

这样一幅情调异常凄冷的图画，我们一读之下，就觉得有一股阴森的气息扑人而来。一个被压迫者的形象，非常强烈地敲打着我们的心扉。就凭着这样一个形象，我们自然而然地就对她产生了同情，为她不平，并且不禁涌起许多问号。比如，为什么她会这样？是谁使她这样？这种悲剧是怎样产生的，等等。

值得注意的是，使我们的感情如此激动不安的原因，并不是作者在向我们说了一番什么大道理。作者分明同情这位少女的不幸，并且分明要批判这种现象，可是既没有说“不是思君是恨君”，也没有说“君恩如水向东流”，他只是运用灵巧的笔，像雕刻家雕塑一件含蓄而又富于表现力的作品一样，把要写的人物和她的精神状态，通过人物一两个细微动作，有力地勾勒出来，让读者自己去寻味，去解答。一件好的作品，的确是用不着附加什么说明，用不着作者自己跑出来讲话，欣赏者只通过作品所显示的人物形象动作，唤起了想象，通过了联想，就能够分明了解作者所要说的语言，并且了解的程度比附加的说明还丰富充实得多，也深刻得多。这正是运用了形象思维所产生的力量。

萧士赟评这首诗："无一字言怨，而隐然幽怨之意见于言外。"自然说得中肯；但是，只有看出作者高妙的艺术技巧，即艺术思想是蕴藏在艺术形象之中，是通过形象的作用来透出作者的思想。这样，我们才能深入地了解"无一字言怨而幽怨见于言外"之所以然。

乌栖曲

姑苏台[1]上乌栖时，吴王宫里醉西施。

吴歌楚舞欢未毕，青山欲衔半边日。

银箭金壶漏水多，起看秋月坠江波。

东方渐高奈乐何！

[1]姑苏台——春秋时吴王夫差所筑，遗址在今江苏省苏州市。

《乌栖曲》原是乐府古题，属于《清商曲辞·西曲歌》。一般是一首四句，两句一转韵，但也有六句构成一首的。多数是七言；也偶然有人在开头两句用五言。题目虽然是《乌栖曲》，并不一定以“乌栖”为主题，甚至不必带上“乌栖”字样。不过，作者使用这个题目，大多数都是用在抒述夜间（或涉及夜间）的情与景。（郭茂倩《乐府诗集》所收二十四首中，仅有一首没看出是夜间的情景。）可见借用这个乐府古题，仍然有一定的规范要遵守。李白这一首写的也主要是夜聚，不过句法很特别，在六句之后，再加了一句，打破了旧有格式。

前人说，这首诗意在暗讽唐玄宗的荒淫，是有道理的。玄宗宠幸杨妃，和吴王夫差的迷恋西施，有很多相似的地方，他们的下场也差不了多少。所以这首诗一开头就表露出作者对他们荒淫享乐的鄙弃之情。

“姑苏台上乌栖时”一句，先点出时间和地点，但这还是次要的。这句的重要之处，乃是在于暗示吴王夫差整整一个白天都沉浸在缓歌曼舞的享乐之中，直到暮色降临，乌鸦都回到巢里歇息了，他还不愿意停下来。可见这种荒淫酒色已经到了什么程度。

第二句“吴王宫里醉西施”，正面点出主题。“醉西施”，不是说西施喝醉了，更主要是说吴王醉于西施的美色。诗人特意提出西施来，显然是带有讽喻的意思，和杜甫的“昭阳殿里第一人”同样，指的都是玄宗所宠爱的杨妃。

三、四两句，进一步指出他们荒淫的无厌。他们这样瞎闹不是刚开始的，吴歌楚舞，已经闹了一整天了，还在继续着没有个停呢！“青山欲衔半边日”句，描写黄昏日落，他不说太阳下山，而说青山快要吞掉太阳的半截身体，很新颖，也很形象。（句里的“欲”字，不是表意的助动词，而是副词，和“欲饮琵琶马上催”句中的“欲”是一样的。）

五、六两句，意思说，很快一夜又过去了。这里，诗人已经不屑再给吴歌楚舞多着一笔描画，也不屑去提吴宫中的醉生梦死生活，他只是写那个寂寞地记录着时间的银箭金壶（古代计算时间的用具，即铜壶滴漏；箭是指示时间的标尺，壶是盛水用的。）以及默默地横过长空的秋月。可是用笔稍为曲折。十四个字，表面一层意思是说，这一夜过得好快呵！其实深一层的意思却是勾出这位吴王在无厌的淫乐中的反常心理状态，他恨不得永远拖住沉沉的黑夜，好让他在明灯华烛的光影下，像幽灵一样永远过着荒淫无耻的生活！“起看”两字，画出吴王对于长夜已逝的那种又惊愕又惋惜的神态，是相当尖刻的。

诗人最后加的一句，破坏了旧的格律，但是破坏得很好。增加了这一句，不但使整首诗的旋律发生了变化，显出悠然不尽的味道，更重要的是用单句来收束上面那六句，既收束得紧凑，又使平板的偶句因此都变得灵活起来，整首诗便有错综变化的美。全句的意思是：东方已经渐渐发白了，应该歇一歇了吧！无奈吴王还没有尽兴，使还要继续玩乐下去呢！诗人对于这个昏君的鄙夷与讽刺，于是达到了顶峰。

（“东方渐高”的“高”和“皜”“皓”是一个意思，就是发白或发亮。）

从整首诗看，着墨不多，内涵却很丰富，一句一转，一转一奇，真使人有应接不暇的感觉。仔细寻味全诗，我们既看出它一气呵成的妙处，而每一片段又都各有不问的奇观。这正是作者艺术技巧超卓的地方。

古风（第十九首）

西上莲花山，迢迢见明星[1]。
素手把芙蓉，虚步蹑太清。
霓裳曳广带，飘拂升天行。
邀我登云台，高揖卫叔卿[2]。
恍恍与之去，驾鸿凌紫冥。
俯视洛阳川，茫茫走胡兵。
流血涂野草，豺狼尽冠缨。

[1]明星——《太平广记》卷五十九引《集仙录》："明星玉女者，居华山，服玉浆，白日升天。"

[2]卫叔卿——传说中的汉代仙人，有一次汉武帝见他降落在殿中，问他是谁，他说我是中山卫叔卿。武帝说，你是中山人，那就是我的臣子了，请近前来说话。卫叔卿默然不答，忽然隐去。李白提出这位仙人，大抵因为他那"天子不得而臣"的性格，和自己傲视权贵相似。

天宝十四载（公元755年）安史之乱发生，李白正在宣城（在今安徽省）一带过隐居生活。江南虽然幸免战祸，可是这一场震撼全国的大动乱，不能不引起诗人的深切关怀。次年，安禄山在洛阳称大燕皇帝。从远地传来了敌人残暴、人民受害的消息，引起诗人的愤慨与痛苦。本诗是在这种时代背景下写成的。

李白于天宝三载（公元744年）离开长安，曾漫游黄河南北及两湖、江、浙各地。由于封建政治的更趋腐败，个人在政治上找不到出路，心中充满郁抑，于是又热心于求仙访道，流露了比较明显的消极情结。但是，他同王维的“晚年唯好静，万事不关心”又有所不同。他在求仙访道、企图追求解脱之中，并未能忘情世事。他一方面说“人生在世不称意，明朝散发弄扁舟”，一方面却极叹于“弃我去者昨日之日不可留，乱我心者今日之日多烦忧”（《宣城谢朓楼饯别校书叔云》）。一面说，“五色粉图何足珍，青山可以全吾身”（《当涂赵炎少府粉图山水歌》），一面却又向人表示：“君看我才能，何似鲁仲尼？”（《书怀赠南陵常赞府》）。可以看出他在这个时期心情的复杂。

安史之乱带来了国家局面的极大变化，也在李白的心头掀起了巨大波澜。还能继续消极遁世吗？祖国的苦难向他提出了严峻的质问，他不能不严肃地思考这个问题。而这首诗，正好反映出李白此时在严肃地思考着，思想矛盾在激烈地斗争。

诗的开头幻想自己游身于西岳华山的莲花峰上，碰见仙人明星玉女。诗人先是把明星玉女的神态举止描写了一番，手里拿着一束荷花，凌空而行，衣裳的飘带像彩虹那样，迎风飘拂。跟着，他继续描述这位仙人的来意：为了邀请诗人登上华山的云台高峰，同另一仙人卫叔卿相见。而诗人也恍惚随在仙女身后。跨在鸿鹄的背上，向青霄飞翔了。

就在这一瞬间，诗人忽然看到洛阳地面。遍山漫野地驰走着胡兵。他们凶残嗜杀，人民的鲜血涂满了野草。豺狼们（指安禄山手下官员）都穿戴着冠服，耀武扬威，神气十足……

诗至此突然中止。以后怎么办？没有说下去，其实也用不着说下去，很明显，寻仙访道、追求解脱的幻想，诗人已经发觉碰上了现实的坚壁，很难穿过去了。

这里，我们不妨回顾一下伟大的爱国诗人屈原在种种矛盾纠结中最后的一场思想冲突：

在皇天的光耀中升腾着的时候，
忽然间又看见了下界的故丘，
我的御者生悲，马也开始恋栈，
只是低头回顾，不肯再往前走。①

——《离骚》（用郭沫若译文）

在屈原苦痛欲绝、最后幻想着要离开父母之邦，远适仇敌之国的时候，他仿佛已经驾龙驭气，凭虚凌空，快要脱离苦难的现实了；不料偶然下顾，发觉那是自己的祖国土地，深厚的血肉情谊立刻粉碎了巧妙安排的幻象。

可以看出两位诗人在思想本质上有着共通之处，在幻想逃避现实与终于不能不回到现实的思想斗争的结果上，也是彼此类似的。其后，李白毅然参加永王璘的军事行动，和他这次激烈的思想斗争不能说没有关系。

①这四句原文是："陟升皇之赫戏兮，忽临睨夫旧乡。仆夫悲余马怀兮，蜷局顾而不行。"

敬亭独坐[1]

众鸟高飞尽，孤云独去闲。

相看两不厌，只有敬亭山。

[1]李白在五十三岁到五十六岁的几年间，经常在宣城（今安徽省宣城市）盘桓，敬亭山在县城北郊，颇饶丘壑之胜，是李白常游的地方，据清人黄锡珪《李太白年谱》考证，此诗作于天宝十三载（李白五十四岁）。

在文艺作品里描写自然景色，一般来说，活动的、变化比较显著的容易写，静止的、没有显著变化的不容易着笔，以山水来说，你可以摹写水的流动、飞溅的形状，奔腾、潺湲的音响，蜿蜒、高下的变态，以及深蓝、浅绿各种各样的颜色，尽多发挥的余地。山就比较单调些，除了写它的形态之外，可以驰骋想象的领域是不多的。因此，诗人在描写山的时候，除了从山势的高峻，山岭的连绵，山态的奇诡发挥想象之外，有时还得借助于旁的事物，如云烟变幻，鸟语蝉鸣之类，作为衬托，使山的精神易于显露，情态也更多样一些。宋代寇准形容华山的高峻："只有天在上，更无山与齐。举头红日近，回首白云低。"就是运用青天、红日、白云来做不可缺少的映衬，如果把它们一齐抽走，这首诗也就算是完了。当然，有本领的作者，正是能于难中见巧。写山写得极好的诗人，古今还是不乏的。

这位被誉为"谪仙"的诗人李白，他写敬亭山就有独树一格的特点，不但不用旁的事物做衬托，而且反过来把所有可以衬托的东西统统抽掉，然后单独去写山的精神。而他的确能把山的精神写得独具一格。

诗一开头，"众鸟高飞尽"，摒尽众鸟，不留一点踪迹。接着又是"孤云独去闲"，连点缀山头的一抹闲云，也掉头而去（请注意这两句并不是为山添增景色），剩下来的，就只有一座不声不响的、轮廓粗硬的山了。这实在不像我们在诗里面常见的山，倒像是在地理教科书里面所看到的。多么奇怪！我们也许要为诗人焦急了："你呀，到底是怎么搞的？”可是，再往下读，看到诗人写的却是“相看两不厌，只有敬亭山”，我们这才猛然醒悟，原来诗人要写出一座有感情、有性格的山，要写出山的精神，山的品格。

为什么这样说呢？因为“相看两不厌”五个字，写的是这样一种情景：敬亭山默默不言然而又是情意悠长地在那里欣赏着诗人，仿佛它完全懂得诗人的精神面貌，了解诗人的性格品质。而诗人也以同样的了解面对着对方。他们之间似乎早已谈过许多话，彼此感情融密无间，此时只是“相对无言坐若忘”，但觉得感情是在互相交流，表面上却看不出形迹。这种只有极亲密的朋友才达到的境界，诗人把它寄予敬亭山，而敬亭山也把它寄予诗人了。这样，敬亭山的精神品貌就有棱有角地显示出来了。

古代文艺批评家对一些作品的评价，说是“皮毛脱尽，精神独存”。我看这首诗正好抵得上这八字评语。因为尽管禽鸟争鸣，云霞掩映，在高才的诗人笔下足可成为山的精神性格的组成部分，但是抛开这些附着物，直截地揭出山的品格，又何尝不好！“相看两不厌”，不但把山人格化了，更重要的是山的品格提得与诗人李白同其清华绝俗。这样写山，自然不愧高乎。

不过我们还应该看到诗里更深的一层。诗人不仅仅写出敬亭山，同时还深刻地写出他自己。由于李白在政治抱负上的失意，也由于他在和现实接触中看到封建统治集团的腐朽没落，使他产生了清高拔俗的自异感；但又由于他和人民仍然保持着一段相当大的距离，使他不能不感到精神上的孤独。因此在重游宣城的时候，诗人对于敬亭山才产生了如此特殊的感情，给予敬亭山以“相看两不厌”的精神寄托。其中第一、二两句，也许还有所指喻呢！

由此看來，这首诗的主题，从主要的方面说，就不在于写山，而是借此来吐露自己对现实生活的看法了。

早发白帝城[1]

朝辞白帝彩云间，千里江陵[2]一日还。

两岸猿声啼不住，轻舟已过万重山。

[1]白帝城——古城名，在今重庆市奉节县白帝山上。城居高临江，形势险要。三国时，刘备征吴失败，退守此城，在其旁筑永安宫。

[2]江陵——今湖北江陵县。

对于李白的五七言绝句，历代诗评家不知说过多少赞美的话，所谓“神品”，所谓“绝唱”，没有比这个更高的评价了。但它们之所以成为“神品”或“绝唱”的原因，不少评论家却说得玄之又玄。像什么“天才纵逸，轶荡人群”，（高棅《唐诗品汇》）。“天实生才，岂易言哉。”（应泗源《李诗纬》）以及“心得而会之，口不得而言之”，（屈绍隆《粤游杂咏序》）。实在已经陷入不可知论了。

世界上没有从天上掉下来的天才。某个人可能在某一方面比别人聪明些，接受能力强些；但是他要不是认真地学习，努力地汲取，不倦地磨炼、实践，要真正写出最好的作品来，只能是一种空想。

许多人看见李白一生大部分时间在漫游中度过，而又好击剑、饮酒、挥霍、求仙，总以为他绝不是一个苦学的人，往往忽略了一个关于李白的极普通的故事。那就是《潜确类书》里说的，李白少年时碰见一个老婆婆，正在磨一根捣米用的杵。他问她在干什么。她答：拿它磨一根针。李白大受感动，回去马上再拿起书本。这个故事出在李白身上，当然不是偶然的。它正好说明李白曾经在学问上下过很艰苦的功夫。

民歌作为诗歌的一个分支，那是后来的事。其实民歌恰是一切诗歌的唯一远祖。在文人诗歌或庙堂诗歌出现之前，它早就流传在人民大众之中。它的历史可以同我们开始进行劳动的祖先同其久远。它那淳朴自然的风貌，韵味浓郁的情调，悠扬动荡的音节，生动活泼的形象，丰富多彩的比喻，神奇美丽的想象，灵动变化的手法，以及强烈浓厚的生活气息，像大地母亲的乳汁一样，哺育着诗国的儿女。可惜由于种种原因，能够流传下来的只是亿万中之十百，以致我们远远不能领略它那惊人的伟大。

作为盛唐的准备，在初唐末期，许多诗歌创作者都经历过一段向民歌学习的阶段。尽管各人的成就不同，但只要看看刘希夷、张若虚、王维、崔国辅、崔颢、李白、王昌龄这些名家的脍炙人口的佳作，特别是其中一些人的绝句，就清楚地看到彼此之间的源流关系。

李白绝句的成就，也离不开他向六朝民歌的学习，不论是五言还是七言。

但问题还必须深入一步。对于李白（也包括像王昌龄这些佼佼者）那些绝妙的绝句，仅仅拿“向乐府民歌学习”一句话是不够具体的，也是不够完全的。我们应该把触角伸得更远一点。

我觉得要进一步探讨这些诗人在绝句方面的成就，不能不注意下面这几个问题。

其一，他们怎样吸收民歌的精华的？是生吞活剥地模仿，还是吸取它的精神营养，化为自己的血肉。

其二，应当怎样提炼生活中的素材，赋予它诗的意趣，而又在取舍素材之间做到恰如其分，恰到好处。

其三，怎样稳而又准地掌握绝句这种特定的诗歌体裁，不使它和别的体裁混在一起，或掺杂不清，变成半截律诗。

其四，由于它主要是从民歌来的，因而在选词用字，寻声赴节方面，如何保持七绝本身的特有风味。

最后，怎样处理主观与客观的关系，也就是诗人怎样衡量对象——包括你所描写的和你的读者的问题。

只要其中有一个问题处理不好，我认为都要影响作品的成就，降低它的感人的力量。

我们看李白那些美好的绝句，都是那么淳朴自然，语言生动，想象奇妙，基本上摒弃了文人诗中最容易犯的毛病——雕镂字句，搬弄书本，炫耀学问，故作艰深曲折和显出一副很有知识的神气。它是那么浑然天成，精光闪烁，言浅意深，语短情长，句尽而意不尽，极得民歌的意趣。这就是善于学习的结果。

有人一拿起笔来，就企图把尽可能多的东西塞进诗里去，以为这样内容才足够丰富，还可以显示自己的学问不凡。这在某些文艺体裁来说，未尝不可以（汉代的《西京赋》《东京赋》《两都赋》就是这样）。可是绝句却正好不能够这样。李白难道不可以在诗中显出更多的学问吗？试拿他的绝句同《蜀道难》相比，在运典、修辞、下字方面，你看有多大的区别。

因此，怎样准确地把握绝句的艺术特点，充分发挥它的长处，让它在短短的篇幅中，构成完整的内容，体现优美的意境，包含饱满的情感，透出悠然的韵味。特别是要像一两个优美的电影镜头似的，让人看到最需要看的、最耐于联想寻味的一点。这就显然不同于鸿篇巨制，甚至也不同于文字仅仅比它多一倍的律诗。我们看到李白的《黄鹤楼送孟浩然之广陵》《陪族叔及贾至游洞庭》《苏台览古》《越中览古》《长门怨》等，不正是很好地掌握了这一点吗！

因此，就又要涉及诗人所企图描写的对象和企图表达的情感与内容的问题。为了让读者获得最佳的感受，应该运用绝句好呢还是别的体裁更好？先要考虑清楚。不同的体裁有它不同的容量，不能把负担不了的硬加在某一体裁上面。就连李白也不是没有失败之作，他那十一首《永王东巡歌》和那十首《上皇西巡南京歌》恰就是一个明证。

有关绝句的问题，还可以牵涉很多。历代的情况也不尽一致。比如宋代以后的绝句，和民歌的关系就少得多了。这里只能暂时打住。且谈谈李白的《早发白帝城》：

“安史之乱”初期，李白参加永王璘的军事行动，永王璘失败后，他被扣上“附逆”的罪名，初被囚在浔阳（今江西九江市），后来又被流放到夜郎（今贵州东部）。他沿着长江西上，先到西蜀，然后折入夜郎。不料第二年春天（乾元二年，公元758年），肃宗宣布大赦，李白也在赦免之列。消息传来时，李白正在巫山附近的白帝城。他忽然觉得自己像一只脱出樊笼的飞鸟，再没有旁的考虑，立刻回身从白帝城乘船东下，赶返江陵了。

不妨设想一下李白当时的心情：本来他带着刑徒身份，一步步走向荒僻的远处。加上满怀枉屈，无从申说，心情真是坏到极点。想不到一声大赦，恢复了自由人的身份。他多么渴望回到朋友和家人身边，共同庆祝重获自由的欢乐呵！而长江的滔滔流水，似乎也乐意帮助诗人早日完成心愿，它就在诗人的脚下，突然“踩大了油门”，以从来没有的速度猛烈地向三峡冲去。浮在它上面的一叶扁舟，似乎比箭还快，白帝城刚才还站在云端——因为城是建在山顶的——一眨眼就脱出视野之外，只见两岸青山一排一排飞快后退，山上猿声此起彼落，宛如为诗人东归而列队欢送。转眼之间，船已飞过无数参天拔地的奇峰。拦在江心的什么滟滪堆、新崩滩，不过像一团泡沫，还没有看清楚就远远溜掉了。他想起从前书上说过的：“有时朝发白帝，暮到江陵，其间千二百里，虽乘奔御风不以疾也。”这回却真是亲历其境①。

于是，用不着多大的酝酿，一首绝句就在他胸中脱然而出。

我们试拿轻快的情调来吟诵一下吧！诗人此际之情，江行此时之景，不多不少，二十八个字中，恰好圆满说尽。哪里用得上雕镂文饰，装腔作势，卖弄书卷。真是“行乎其所不得不行，止乎其所不得不止”。浑然天成，一个字挪动不得。它固然是诗人的诗，又宛似一首民谣，高度概括了长江在三峡中的特有气势和人们的亲切感受。

①从前有人认为李白这首诗是他早年出川途中作的，其实不对。只要看第二句那个“还”字，就可以知道诗人的心情是急于还江陵而不是初度出西川。

杜甫

712—770年，字子美。唐代著名现实主义诗人。其诗大胆揭露当时社会矛盾，对贫苦农民寄以深切同情，显示出唐代由开元、天宝盛世转向衰微分裂的历史进程，因被称为『诗史』。杜甫长于律诗，他是新乐府诗体的开路人。其乐府诗，促成了中唐时期新乐府运动的发展。有《杜少陵集》。

房兵曹胡马

胡马大宛名，锋棱瘦骨成。

竹批双耳峻，风入四蹄轻。

所向无空阔，真堪托死生。

骁腾有如此，万里可横行。

凡咏物诗，也如同画花鸟动植物一样，有人力求纤悉毕具，一丝不走，然而往往遗神得形，陷入摄影主义。有人则专门堆砌典故，尽量使用华美空洞的辞藻，其结果陷入形式主义。此外，也有人意在寄托，完全离开物的本身，自说一套，这往往又不成其为咏物诗，只能说是借物托兴而已。

咏物诗很不容易写。既要能在物之内，又要能出物之外。善于把两者的矛盾统一起来，才是高明之笔。画家绘物，不只求其形似，更须求其神似，所谓形神兼备，也就是要使欣赏者在认识生活的时候，不停留在低级阶段，而能通过作者创造的艺术形象来理解生活的意义。这就需要画家和诗人不受物的自然形态或其生物属性所局限，要在形神兼备之中，自然显出自己的思想感情——崇高的理想，高尚健康的情操，并以此来影响读者。

在古人的咏物诗中，自然也有好的作品；但是，写得非常糟糕，甚至是无聊的消闲逗趣的咏物诗，也是很不少的。有些简直就同谜语差不了多少。欣赏前人的咏物诗，我们也必须善于选择。

杜甫的《房兵曹胡马》是写得好的一首，是真正做到了既能入于物又能出于物。说它能入于物，是写骏马就是骏马，不是一般的凡马，形态神采，都栩栩如生。说它能出于物，是在骏马的形态神采之外，还看出作者蕴藏寄托的感情。作者在这里写出了马与人的一种亲切关系，恍如良朋，恍如爱将，恍如可靠的同志，恍如忠实的战友。人们读了“所向无空阔”等句，想到的不仅是马，并且还想到了人——许许多多忠于职守、勇于负责、生死可托、患难可恃的才德兼备的人。诗人通过对马的赞叹，寄托了对朋友的期待，也以此寄托了自己的胸怀抱负，如此咏物，才是上乘，才有较高的思想意义。

大宛（宛，读平声），是汉代见于记载的西域国家之一，自古出产良马。首句点出房兵曹的胡马的出处并不寻常。次句形容骏马的体格。骏马不在多肉，以神气清劲为佳。故次句特别写出“锋棱瘦骨”。第三句再点染骏马身上特征：马的双耳，好像斜劈的竹筒那样，才符合良马的条件，故说“竹批双耳峻”。第四句说马的善走，“风入四蹄”，恍如足不着地。四句中，一句点马的来历，两句写马的体格，又一句说马的性能。要注意它刻画的洗练、简净。和画相比，活像徐悲鸿画的马，是从形似中透出马的精神，并且确是骏马。这里既不用雕金镂彩的字样，更不必堆砌典故。正如高手写生，几笔勾勒，神态即现。看写诗的高手，也要从这些地方着眼。

后四句，“所向无空阔”是从空间的缩小反衬骏马能耐长途奔涉。“真堪托死生”，是从与人的关系写出骏马的忠实可靠。上句极言马的才力，下句极赞马的“品德”。“骁腾有如此，万里可横行。”归结到房兵曹有这匹骏马，可以驰驱边塞，凭借它为祖国效力。这四句，除了要看作者寄托的感情之外，还要看怎样从高处取马之神。作者没有把马看作仅供奔走的坐骑，而是看成为可以共事业、托死生的战友。这实实在在是骏马的最高“品德”。如此写骏马，才是摄取它的精神，显露它最本质的东西。否则，徒然取马的形貌，尽管千言万语，也是击不中鼓心的。

画　鹰

素练风霜起，苍鹰画作殊。

㩳身思狡兔，侧目似愁胡。

绦旋光堪摘，轩楹势可呼。

何当击凡鸟，毛血洒平芜。

“一幅白绢出现在我的面前，略一展眼，风霜惨淡，一片肃杀气氛。定神细看，原来绢上画了一头苍鹰。嘿！多神气的苍鹰呵……”

你看，诗人为了显示这幅画的不平凡的技巧（所谓“画作殊”即画得不同一般），一开头就使出浑身气力。应该说，这是画家显示了自己的力量，用自己的艺术感动了诗人的结果。它促使诗人不能不使出相应的力量来和它角逐。这也是诗人对待创作的责任感的表现。因为，面对着一幅真能使自己感动的艺术作品，而自己又要有所议论，不管是赞美还是什么，总不应该不付出气力来的。

在开头一句里，画鹰便已显出真鹰的气势；第二句点出画鹰的卓然不凡，随即用真鹰来作比拟，极力赞颂画家的高明技巧。“㧐身思狡兔，侧目似愁胡”，全是真鹰的写照。“㧐”同竦，竦身就是把身体挺起；“思”是“着意在……”的意思，不是说它在沉思什么。全句是说，鹰的挺身姿势使人看出来是意在追捕狡兔。“愁胡”语出孙楚《鹰赋》：“深目蛾眉，状如愁胡。”大抵因为鹰眼的瞳子颜色和有些胡人的相近，所以这样说。

三、四两句已从鹰的身形着笔，指出画鹰的形似；但显然，只说它徒具形似，是不够的，下面就换了一个角度，从画上的陪衬事物再进一步指出画鹰具有真鹰之神。我们可以看看诗人怎样去表达这一层作意。“绦”音韬，是丝绳子，系在鹰的脚上的；“旋”是铜环，用来扣着绳子的。“绦旋光堪摘”，意思是绦和旋在画上光彩焕发，逼真得很，好像可以从画上摘（解）下来，让苍鹰展翅飞走。“轩楹”是苍鹰站着的地方。全句说，只要你喊它一声，画上的鹰简直就要直扑出来了。这一联用“绦旋”“轩楹”从侧面烘托出鹰的气势，也是一种值得注意的技巧。还须注意，诗人在句中放上“堪”字，又放上“可”字，正要向读者说明这仍然是画鹰，不过画家的高明手法使鹰变得栩栩欲活而已。这样就把画鹰却似活鹰，活鹰原是画鹰这两层意思都照顾到了。试想想，假如这里换掉“堪”“可”二字，岂不是从第三句起一连六句都在咏真鹰了么？我们这位诗人是运用虚字的能手，这两个字虽然不算独创，在欣赏的时候还是不应该忽略过去的。

最后两句，诗人又以搏击责任，通过画鹰而寄望于真鹰。（“何当”是何时之意，有人解作安得，亦通）也许有人会怀疑：“凡鸟”无非是借指平凡的人，难道平凡的人就应当受到痛击吗？我以为，这里的“凡鸟”并非指一般平凡的人，而是暗喻那些庸懦而无所作为的封建官吏。这些人对国计民生无动于衷，什么也不想动作，看似平庸而实恶劣，正是杜甫所厌恶的。所以有人说这两句诗是有所寓意。如赵仿说：“末联兼有嫉恶意。”我看是对的。可惜我们不知道这首诗到底作于何年，（杜甫诗集的编年者，很多都把此首编进开元二十九年，即公元741年；也只是一种看法，未必是不可以怀疑的。）假如诗人是在左拾遗（谏官）的任上写的话，这两句就不仅有着诗人自己的影像，而且以画上的鹰自比，是颇有感慨的了。但不管怎样，诗人奋发向上的精神，疾恶如仇的性格，仍然可以让我们感觉得到。

同诸公登慈恩寺塔

高标跨苍穹，烈风无时休。
自非旷士怀，登兹翻百忧。
方知象教[1]力，足可追冥搜。
仰穿龙蛇窟，始出枝撑幽。
七星在北户，河汉声西流。
羲和[2]鞭白日，少昊[3]行清秋。

[1]象教——即佛教，冥搜——指佛教的虚无境界。
[2]羲和——古代传说羲和是太阳神御者，见《楚辞》（王逸注）。
[3]少昊——古人认为是农历七月之神。《礼·月令》：“孟秋之月，其帝少昊。”

秦山忽破碎，泾渭[4]不可求。

俯视但一气，焉能辨皇州？

回首叫虞舜，苍梧[5]云正愁。

惜哉瑶池饮，日宴昆仑丘[6]。

黄鹄去不息，哀鸣何所投？

君看随阳雁[7]，各有稻粱谋。

[4]泾渭——二水名，据说泾水清，渭水浊。

[5]苍梧——山名。在湖南南部，相传是帝舜的葬地。

[6]昆仑丘——昆仑山。《穆天子传》记周穆王西行到昆仑山，会见西王母。《列子》又说西王母宴穆王于瑶池之上。

[7]随阳雁——旧说雁春北去秋南来，故称随阳之鸟。

玄宗天宝十一载（公元752年）秋天，长安城内传说着“五诗人高咏慈恩塔”的逸事。

唐玄宗李隆基已经整整做了四十年皇帝了。所谓“开元盛世”，正如一杯葡萄美酒，把这位曾经奋发有为的皇帝灌得沉酣大醉，昏聩糊涂起来了。朝廷上，像杨国忠、李林甫之流，奸险诈伪；边庭上又有一批玩弄战争、邀功图赏的武将；窥伺皇位的野心家正在积蓄力量，以求一逞；农民却在沉重的兼并、赋税、征役的枷锁下愁苦怨叹。阶级矛盾和民族矛盾潜滋暗长，逐步激化。这是一个危机四伏的年代。但是，升平景象还在表面上浮荡，特别是帝都长安，仍然是一片繁花错锦，朱门歌舞，内苑笙簧，掩盖着即将敲响的“渔阳鼙鼓”。

长安本来聚集着不少诗人词客。他们有到来求官的、考试的，有本来就是京畿的富豪子弟，也有出于生活享受迷恋不去的，但也有忍受饥寒而等待荐举的：其中就有求官不遂客居潦倒的杜甫在内。杜甫来到长安一住六年，历尽辛酸，获得的只是官场中的冷眼和贫苦无聊的岁月。生活的苦杯促使他慢慢睁开眼睛，探索着这些使人迷惑的现实。

就在这一年秋天，杜甫约同诗人高適、岑参、储光羲和薛据，前去城东南曲江附近的慈恩寺，登上寺内的大雁塔，眺览长安的大好秋光。

周围七十多里的长安城，是它在历史上最烜赫的时代。它北临渭水，南倚终南，东西是八百里秦川，城中是鳞次栉比的万户人家，楼台堆绣，车马扬尘。登高极目，可以想象是如何繁丽雄伟。五位诗人畅游之余，挥毫伸纸，各撰新词。这就是“五诗人高咏慈恩塔”的逸事。应当说，在中国诗坛掌故中，这段事迹值得大书一笔。

开元年间，王昌龄、王之涣、高適三诗人“旗亭画壁”，固然成为历史上的美谈，然而并不能算作决定诗人高下的测验；这一次，却真正带有考试的严肃意义。

五位诗人，除了薛据的诗失传以外，其余四位的慈恩寺塔诗都保存下来了。这五人中，最年轻的是三十八岁的岑参。他曾从军到过西域，塞上风沙，军中笳鼓，磨炼了他的诗笔，毕竟不同凡响。你看一出笔就显得气魄雄伟：

塔势如涌出，孤高耸天宫。

登临出世界，磴道[①]盘虚空。

突兀压神州，峥嵘如鬼工。

四角碍白日，七层摩苍穹。

先把塔的形势、气象用浓重的笔墨淋漓尽致地描绘一番，使人为之拭目。接下去就写他在四顾中的所见所感：

下窥指高鸟，俯听闻惊风。

连山若波涛，奔走似朝东。

青松夹驰道，宫观何玲珑！

秋色从西来，苍然满关中。

五陵[②]北原上，万古青濛濛。

后面再以个人的抒情作为收束：

净理了可悟，胜因夙所宗。

誓将挂冠去，觉道资无穷。

“秋色从西来……”好一幅雄深苍秀的图画！不愧是典型的关中秋色。

储光羲和高適都用了大半篇幅描绘寺塔和眼前景色。比起岑参来，却不免逊色。最后四句，照例也是发抒个人的感慨。储光羲说：

俯仰宇宙空，庶随了义归。

崱屴[3]非大厦，久居亦以危。

高適说：

盛时惭阮步[4]，末宦知周防。

输效独无因，斯焉可游放。

杜甫是在读了高、薛二人的作品之后才动笔的[5]。这位谦逊而又自负的诗人，说不定已经意识到是一场考试。但主要的正是由于生活的感受不同，对社会的局面看法不同，因而思想感情也就截然两样。

他一落笔，就揭出了在登临中涌现出来的个人也是时代的感慨：

高标跨苍穹，烈风无时休。

自非旷士怀，登兹翻百忧。

方知象教力，足可追冥搜。

这个塔，像高大的标识凌踞在高天，强劲的秋风不知疲倦地吹来。登临高处，却不像胸怀旷荡的人那样悦目放怀，反而百忧并集，感慨万分。这时才领悟到，佛教之所以建筑这样的高塔，是要使人把思想伸到很深很远的虚无地方的。

这样的开头，那气势便已笼罩全篇了。

仰穿龙蛇窟，始出枝撑幽。

七星在北户，河汉声西流。

羲和鞭白日，少昊行清秋。

转回头才叙述登塔。经过曲曲折折地穿行，才离开支撑起来的幽暗的下层；升到顶层之后，就仿佛看到北斗当门挂着，银河也好像听得到潺潺的声音了——这自然是出自诗人的夸张想象，因为那是在白天。他之所以这样写，是为了极形塔顶之高，仿佛与天相接了。

“羲和”两句是点出时令。由于太阳神的御者不停地鞭着白日，时光真快，一年的秋天不觉又到来了。

这一节又是六句，把登塔和秋令圆满地交代完了。

秦山忽破碎，泾渭不可求。

俯视但一气，焉能辨皇州？

表面看，这是描写地面的景色。可是拿来同岑参等人的作品一比，我们不禁会发生疑问：他们把四周景物描绘得历历在目，杜甫却说秦山破碎，泾渭难分，连皇城也迷蒙一片。难道杜甫的眼睛不好？有人说，“秦山谓终南诸山，登高望之，错杂如破碎然。泾渭二水从西北来，远望则不可求其清浊之分也”。这当然也可以。但诗人实在是借景来做比喻，是对于当时社会和政治局面表示深切忧虑的比喻。只因为借景带出，所以才显得含蓄不露。

回首叫虞舜，苍梧云正愁。

“虞舜”，在这里应该是指唐太宗。朵鹤龄引《西京新记》说慈恩寺浮屠前阶立太宗《三藏圣教序碑》，以为由此引出，但却和“云正愁”不合。其实杜甫是向西北角远望，想到云雾迷蒙中有唐太宗的昭陵。句中的“苍梧”是帝舜的葬地，正是借用来指昭陵的，“叫”的用法和杜甫另一首诗“穷途乃叫阍”一样，含有哀急的用意。他想起唐王朝开国的君王，和那时的“贞观之治”，这些如今都不存在了，只能看见愁云一片罢了。

惜哉瑶池饮，日宴昆仑丘。

从前那个周穆王，据说西游到了昆仑山，和西王母在瑶池中日夜宴饮，国家大事都不管了。现在，玄宗皇帝不就是像周穆王迷恋西王母那样，同杨贵妃常常到骊山的华清宫去，沉溺在酒色之中吗！他又向东朦胧地望着骊山，发出这样的感叹。

黄鹄去不息，哀鸣何所投？

君看随阳雁，各有稻粱谋。

又是从眼前所见的生发开去，而又以此作为结束。前人解释这四句说：“贤人君子多去朝廷，故以黄鹄比之；小人贪禄恋位，故以阳雁稻粱比之。”这个解释大抵是不错的。

把几位诗人的作品细心读了以后，我们不妨认为这是一场严肃的考试。登高作赋，即景抒情，是几位诗人都相同的；然而思想感情的内容却不一样。岑参在四顾苍茫之后，忽然觉得“净理”（佛理）是可以参悟的，“胜因”（佛家说是善道的因素）是向来崇信的，因而打算辞去官职，趋向佛家的“觉道”了。储光羲也差不多。他仰观俯察，深感宇宙的空虚，悟到寂灭的意义（所谓“了义”，即世界寂灭的道理），觉得它既如此高峻而又不是大厦，待下去到底是危险的。高適虽然没有这个意思，也不过发了一点牢骚，认为官职微小，无从施展抱负，最好还是游山玩水罢了。

他们的归结，都仅仅是限于个人的。

杜甫也写出了自己的感想，然而他的“登兹翻百忧”，却紧紧联结着国家和人民的命运。由于他是在此时此地的切身生活感受中经过深入的体察，又有比较清醒的政治头脑，因此能够透过“升平”的华丽外衣，看出了潜在的疾患，更因为他是积极入世的，所以能以衷心关切的态度加以揭露和告诫。这就和岑参等人完全不同了。可以说，杜甫不仅是登上了慈恩寺塔，而且比之同时的许多诗人词客来说，他同时又是登上了时代思想的高处的。

①磴道——石砌的梯级。

②五陵——原是汉帝陵墓，即长陵、安陵、阳陵、茂凌、平陵，均在长安附近，这里指指唐帝陵墓。

③崱屴（zé lì）——山势高峻貌。

④阮步——指晋人阮籍。他曾为步兵校尉。

⑤杜甫此诗题下原注：“时高適薛据先有此作”。

对　雪

战哭多新鬼，愁吟独老翁。
乱云低薄暮，急雪舞回风。
瓢弃樽无绿，炉存火似红。
数州消息断，愁坐正书空。

查理·卓别林早期的电影《寻金热》，有一幕描写寻金者在冰天雪地中饿极了，拿一只破皮鞋煮熟了吃。当热气腾腾的皮鞋放到盘子里，寻金者手持刀叉垂涎欲滴的时候，画面上的皮鞋突然变了，它不再是皮鞋，而是煮得香喷喷的一只鸡。这位艺术大师就是这样形象地去刻画一个饿极的人的心理状态。人们在忍笑不住之余，对于作者的匠心是不能不钦佩的。

卓别林想来没有读过杜诗，他也许不知道在一千多年前，杜甫刻画一个在大风雪中忍冻枯坐的诗人的心理状态时，已经用上了和他一样的艺术手法了。

杜甫这首诗是在被安禄山占领下的长安写的。长安失陷时，他逃到半路就被胡兵抓住，解回长安。幸而安禄山并不怎么留意他，他也设法隐蔽自己，得以保存气节；但是心情的苦痛，生活的艰难，对诗人的折磨仍然是严重的。

在写这首诗之前不久，泥古不化的宰相房琯率领唐军在陈陶斜和青坂与敌人作战，吃了大败仗，死伤几万人。消息很快就传开了。诗的开头——“战哭多新鬼”，正暗点了这个使人伤痛的事实。房琯既败，收复长安暂时没有希望，不能不使诗人平添一层愁苦，又不可能随便向人倾诉。所以上句用一“多”字，以见心情的沉重；下句“愁吟独老翁”就用一“独”字，以见环境的险恶。

三、四两句“乱云低薄暮，急雪舞回风”。正面写出题目。他先写黄昏时候的乱云，再写出在风中乱转的急雪。这样就分出层次，显出题中那个“对”字，暗示诗人独坐斗室，反复愁吟，从乱云欲雪一直待到急雪回风，满怀愁绪，仿佛和严寒的天气交织融化得分不开了。

《水浒传》写林冲刺配沧州，发到草料场做看守。严寒天气，大雪纷飞，向火也抵不住冷。于是拿起花枪挑着葫芦到外边买酒。葫芦，古人诗文中习称为瓢，通常拿来盛茶酒的。诗人困居长安，生活比林冲还要苦。“瓢弃樽无绿”，在苦寒中也找不到一滴酒，葫芦早就扔掉，樽里空空如也。（樽，又作尊，似壶而口大，盛酒器。句中以酒的绿色代替酒字。）“炉存火似红”，也没有柴火，剩下来的是一个空炉子。

但是诗人在这一句里，偏偏不说炉中没有火，偏偏要说有“火”，而且还下一“红”字，写得好像炉火熊熊，满室生辉，然后用一“似”字点出幻境。我们读了，就不禁要想起上面所说的卓别林的巧妙的表现手法了。明明是冷不可耐，明明是炉中只存灰烬，由于对温暖的渴求，诗人眼前却出现了幻象：炉中燃起了熊熊的火，照得眼前通红。这样的无中生有、以幻作真描写，非常深刻地挖出了诗人此时内心世界的隐秘。正如皮鞋本不是鸡，在饥饿者的眼中偏偏是鸡一样，是在一种渴求满足的心理驱使下出现的幻象，它比之“炉冷如冰”之类，在刻画严寒难忍上有着不可比拟的深刻度。因为诗人不仅仅局限于对客观事物的如实描写，而且融进了诗人本身的主观情感，恰当地把诗人所要表现的思想感情表现出来，做到了既有现实感，又有浪漫感。

末后，诗人再归结到对于时局的忧念。公元756至757年间（至德元载至二载），唐王朝和安禄山、史思明等的战争，在黄河中游一带地区进行，整个形势对唐军仍然不利。诗人陷身长安，前线消息和妻子弟妹的消息都无从获悉，所以说“数州消息断”，而以“愁坐正书空”结束全诗（“书空”，是晋人殷浩的典故，意思是忧愁无聊，用手在空中画着字），表现了对祖国和亲人的命运深切关怀而又无从着力的苦恼心情。

秦州杂诗（第六首）

城上胡笳奏，山边汉节归。

防河赴沧海，奉诏发金微。

士苦形骸黑，旌疏鸟兽稀。

那闻往来戍？恨解邺城[1]围。

[1]邺城——又称相州，即今河南省安阳市。

杜甫于公元759年秋天，抛弃了华州司户参军这个无可恋栈的微官，来到秦州（今甘肃天水市），过着采药卖药的生活。《秦州杂诗》二十首，就是在这一年写的。在这二十首诗里，诗人对于时局的动荡，民生的疾苦，外族入侵的忧虑，个人生活的窘迫，以及山川形势，风土人情，都委曲尽致地写了下来，成为一组别开生面的“史诗”。

这一首诗，是诗人在秦州看见西北边防军队内调时有感而写的。

上一年十月，郭子仪等九节度使围攻安禄山的儿子安庆绪于邺城，相持不下。到这年春天，史思明引军救邺，大败九节度使于邺城下，唐军战马万匹，仅存三千，甲仗十万，遗弃殆尽，因此西北戍军又须内调补充。诗人既痛感官军的溃败，又看到军队不断内调，边防更觉空虚，激于爱国的感情，就把这件关系重大的事情记录了下来。

开头两句，写出这座山城的战时景象。胡笳在城上呜呜咽咽地响着，城内城外，到处挤满了从西域调发回来的军队。（句中的“汉节”，指的是将军的旌节，不是指外交官所持的节。）

三、四两句，说明诗人打听得这次调动的原因，原来是为了防守黄河沿岸，阻止安、史叛军南侵。（“防河赴沧海”，这里的“沧海”，泛指我国东部、黄河中下游一带，因为战争正在这里进行。）而这些军队，则是接了肃宗的诏令，从金微山（即金山，也就是新疆维吾尔自治区北部的阿尔泰山）戍地调回来的。这四句，上二句是写景，下二句是叙事，以下才是接入抒情。

五、六两句，诗人细心地观察了军容：由于在荒漠和山地上长途跋涉，军士们一个个都弄得又黑又脏，样子很难看；军中的旌旗，又是疏疏落落的很不整齐。应该指出，“旌疏”下接“鸟兽稀”，这鸟兽不是真鸟兽，而是旌旗上绘画着的鸟兽图形。由于旌旗疏落不整，所以这些鸟兽图形也稀稀疏疏了。戎昱《出军》诗：“龙绕旌竿兽满旗，翻营乍似雪山移。”鲍溶《赠李黯将军》诗：“寒日摇旗画兽豪。”还有杜佑《通典》载：唐军制，“每军有队旗二百五十口，尚色图禽兽；认旗二百五十口，尚色图禽兽，与诸队不同，各自为志认”，都是“旌疏”句的证明。杜诗的许多版本，都写作“林疏鸟兽稀”，而把“旌”字作为附注。仇兆鳌的《杜诗详注》也是如此。他并且引吴均诗“林疏风至少”、庾肩吾诗“林长鸟更稀”等作注，好像完全没有意会到“旌”字才是正确似的。其实，按照这首诗的内容分析，“林疏”显然是错误的。因为在这句诗里，如果安上“林”字，就完全破坏了整首诗结构的完整性了。很多杜诗版本部用“林”字，这大抵因为“林疏”是习见的用语的缘故吧。

这两句诗形象地描画出军队远程调动的辛苦劳累和军容的萎靡不振，但更主要的是抒发诗人的思想感情，通过这两句，我们可以看出诗人出自衷心地关切国事，因此观察得也分外仔细。他不仅看出了军士们的外貌，甚至还捉摸到他们的内心活动。正因如此，诗人的心情是很矛盾的。他一方面觉得边防驻军内调很有必要，但是又同情军士的辛劳跋涉，更担心他们的战斗力会因此受到影响。两句话里，恰好表露出诗人爱国精神的深厚强烈，如果不是发自衷心的关怀着祖国安危和人民疾苦，诗人就无法观察得如此细致，而这两句话也就无从构想出来。

就在这种忧心忡忡的心情底下，诗人忽然回想起今年春天邺城的溃败。由于肃宗派不懂军务的中使（宦官）鱼朝恩做九节度使的统领，以致军无主帅，一败涂地。想到这里，诗人的矛盾心情就变成了一腔愤恨："那闻往来戍？"这就是说：哪里听过有万里迢迢地叫军士往来奔戍的道理？如今却居然出现了这种荒唐的事情。"恨解邺城围"，这怎能不归咎于邺城一役肃宗李亨的任用非人呢！在这里，诗人的极度悲愤，集中地用一"恨"字表达出来。

这后句，诗人思想感情的变化真是表现得纵横开阖，淋漓尽致。从他对军士生活的同情，为他们的战斗力担心，到痛恨邺城之败，暗点出任用非人的失策，都可以看出诗人一腔热血，全部倾注在祖国和人民的命运上面。

早就有人指出杜甫是"诗史"。所谓"诗史"：就是用诗歌形式反映了历史的真实面貌。在杜甫的作品中，著名的像"三吏""三别"，《兵车行》《哀江关》等，都是历史的真实与艺术的真实结合得很好的典范。同样的，这首《秦州杂诗》也是足以补充安史之乱的史料。唐王朝在安史之乱发生以后，大量从西域调回边防部队，使远戍军士万里奔走，疲敝不堪，在史书上只是简单的两句话，这首诗却给我们提供了形象生动的材料。此后唐王朝的西北边防空虚，引致吐蕃入侵，回纥坐大，种种史实，不难从这首诗中得到印证。

杜甫是无愧于“诗史”这个光荣称号的。

秦州杂诗（第七首）

莽莽万重山，孤城山谷间。
无风云出塞，不夜月临关。
属国归何晚？楼兰[1]斩未还。
烟尘一长望，衰飒正摧颜。

[1]楼兰——汉代楼兰国，在今新疆维吾尔自治区境内。

秦州位在六盘山支脉陇山的西边。陇山高两千多米，群峰插天，秦州就坐落在它西面山谷的渭河上游，东通关中，南邻吐蕃，西出西域，形势险要，是唐代边防上一个重镇。这首诗一开头就点出秦州的险要形势：山岭重叠，回环抱着一条峡谷，在峡谷之中，矗立起一座孤城，好像就是中外通道上放置的一重关钥。开头两句起得很有气势，整首诗的精神都从这里振起。我们读了，仿佛听到一出戏的开场，一阵洪亮的锣鼓铙钹，使人精神一振，预感到一个不寻常的场面即将开始了。

三、四两句，承上而下，是就秦州的国防位置从眼前景物加以渲染。“无风云出塞”，并不是故作奇语。原来高空上的云，往往无风自动，倒不是没有风，有时是风只在上空吹，而这里却是高空的风给重重山岳阻隔住了，在山谷里感觉不出来。这里的云，也不是寻常的云，它一移动就出了塞外。可见这里在国防位置上的重要。诗人下这五个字，固然使人看出他体察大自然景物的细致入微，但却并非如同有些专以刻画幽微为能事的诗人那样，只是自然主义的摹写，而是寓以饱满的思想内容的。

下句“不夜月临关”也一样，写的不是一般的明月，因为明月照的是边防重镇。在那里，重山莽莽，景象萧瑟。人们很容易发现夜色还没到来，月亮已经挂在天上。这句也同样有言外之意，那意思好像是说，在这个动荡不安的年代里，边城的人们都在提心吊胆，连天上的明月，一早也临照关城，好像要用它的亮光帮助这里的戍卒，警惕着远方烽火。这大抵不是胡猜乱想吧，因为这十个字，虽然写的是边景，却完全不是随便勾画一下，或者如清代诗选家沈德潜所说的“二句奇语，偶然写出”而已，其实，它和诗人忧国的感情，对外敌进侵的警惕，是分不开来的。

正由于上面写景已经隐藏着诗人忧国之情，接下两句就显得感情特别深厚。

五、六两句，是诗人说出对西域局势的可虑。由于安史之乱，河西走廊的驻军抽走了不少，连远在西域的军队也大量调派回来。这时吐蕃的势力正在膨胀，另一个外族回纥也相当的骄横，以至肃宗不得不把公主远嫁给它的英武可汗。外交和军事形势都处在逆转之中。因此诗人就不能不发出“属国归何晚？楼兰斩未还”的慨叹。“属国”用的是苏武的故事，苏武从匈奴处归来后，被任为典属国（外交官），因此也有人称他为苏属国。这里暗指当时有些外交人员被外邦羁留，不得返国。“楼兰”，也是汉代的故事。汉昭帝时，楼兰王屡次杀了汉的使者，平乐监傅介子奉命前往楼兰，用计斩了楼兰王的头回来。不过这里指的不是外交官的事，它是说，由于西域的军事局势逆转，已经看不见远戍的将士凯旋回来了。（秦州是中国通西域必经之路，两句都是从作者所在地区来观察的。）这和王昌龄的“黄沙百战穿金甲，不斩楼兰终不还”同样是用楼兰典故来写将士的事。

在结联里，诗人对祖国的灾难表示了深切的关怀。国内的情况是战敌未定，人民长期陷在痛苦之中；边疆的形势又是这样紧急。纵眼望去，满目烽烟，到处是战敌景象，开元、天宝的那段盛世，早已一去不返了。想到这种种，诗人连面容也变得愁苦起来了。（“摧颜”，疾首蹙额，面容愁苦。）

这又是一首充满着热爱祖国的激情的篇章。它由秦州的地理环境，联想到国防的可虑，再想到军事和外交的劣势，忧国伤时，一齐奔集。因而山川景物，都成为它抒发爱国感情的素材。这种有血有肉的思想感情，加上高度的艺术手腕，就凝成了杜诗的沉郁顿挫的独特风格。

蜀相

丞相祠堂何处寻？锦官城外柏森森。

映阶碧草自春色，隔叶黄鹂空好音。

三顾频繁[1]天下计，两朝开济老臣心。

出师未捷身先死，长使英雄泪满襟。

[1]频繁——一作频烦，清代汪师韩的《诗学纂闻》说是唐代俗语，频烦犹言郑重，这个解释可做参考。

律诗的格律限制比之古体诗要严格许多，使它在形式上受到更大的束缚；而形式的过分束缚，反过来又更大地影响到内容的表达与思想的发挥。因此它就比较难于写好（所谓“难工”）。假如要具体加以说明，那么，第一，律诗要求有更高度的概括力，即在极有限的文字中，要容纳下丰富的思想内容和生活内容。所谓“纳须弥于芥子”（把一座大山放进一颗小的种子里面），这里有着不易统一的矛盾。第二，既要求排偶（律诗中间两联要使用对偶句），又要在排偶中显出灵动变化，不为排偶所累。格式固定（如律句的讲求平仄、粘、对仗、拗和救之类），却要显出开阖变化，不板不滞，不粘不走。这两者也是不容易结合得好的。第三，花巧太多，则陷于软弱；过分朴素，又会显得枯淡。换句话说，它需要有较浓厚的色泽，但又不能过于雕饰。不偏不倚，实在很费斟酌。第四，由于字数限制，它要求一个字有一个字的作用，一句话显一句话的精神。（从前的人说，五律的四十个字就是四十位贤人，中间放不下一个俗子，便是这个意思。）整首诗合起来看，俨然七宝楼台，而拆碎下来，却又自成片段，这种既有在片段上的独立性，又有在整体上的联系性的艺术要求，也比古体诗来得严格。

总之，律诗不论叙事写情，在着色的浓淡，布局的虚实，组句的错综变化，用字的推敲锤炼等方面，都比古体诗更不容易运用得当。正因如此，我们可以比较容易地掌握了诗的格律，而要写出好的律诗，却不是一件轻而易举的事情。

作为对于律诗艺术技巧的探索，这里选了杜甫的《蜀相》试作粗浅的分析。

这首诗是杜甫初到成都访问诸葛武侯的祠庙时写下来的，那一年是760年，诗人由秦州来到成都，卜居在浣花草堂。成都是蜀汉的旧都，杜甫平生又是对武侯极为景仰的，诸葛武侯庙自然是诗人急要瞻仰的地方。因此诗的开头写法，就和一般游山玩水之作截然不同。

你看，诗人在第一句里，特别下一"寻"字，表明自己一心造访，并非信步行来，偶然遇见的。这就把自己对武侯的景仰，提笔点明，把下文的高度赞颂，在此先安下了伏脉。这是极讲分寸的写法。也许有人说，"寻"字在游山玩水的旧体诗中，也不算太少，为什么这里的"寻"字会另有用意？这是因为在这两句中，特别使用一问一答的写法，显得此次到访十分郑重。也说明这个"寻"字是有力地放下去，不是泛然落墨的。

三、四两句，要看诗人下的"自"字和"空"字的用意。时当春令，祠堂阶下有迎春的绿草，森森的树上有会唱的黄鹂。应该说，景色是动人的。为什么在诗人的感受上，草色并不入眼，鸟声也徒然聒耳呢？原来这两句的目的不在于写景，而在于抒情。它说明人物的感情和当前的景色已经发生矛盾。不过这个矛盾，并不是没有来历的。当诗人走进祠堂的大门，一片肃穆幽静的景色扑面而来，一向蕴蓄已久的对这位"鞠躬尽瘁，死而后已"的先贤的强烈崇敬爱慕之情，就如波涛喷涌，不可遏止。诗人既追怀武侯的功业，又痛惜他"出师未捷身先死"，现在留下来的，徒然只有一座祠堂而已。在这种激动的感情支配底下，什么好鸟的鸣声，春草的幽媚，全都不在心上，只将全副心灵沉浸在追怀先哲的感情海洋里。所以这才下了“自”字，又下了“空”字。所以这两句才是真正抒情，而非实在写景。

“三顾频繁天下计，两朝开济老臣心。”那意思是说，刘备三次拜访他，请他出山帮助，是为了打算重兴汉室。而诸葛亮答应出山，也是为了这个目的。此后，诸葛亮辅助刘备和刘禅，两代之中，忠心耿耿干了许多工作，显示出一片“老臣之心”。正式说出自己对武侯景仰赞叹之意。上文一路盘旋，宛如丘陵起伏，还没有看到主峰。而没有主峰，这首诗就没有多少可观了，所以到五、六两句，就非用浓重的笔墨着力渲染不可。现在，我们看到诗人运用高度的概括力，把武侯一生的遭际、抱负和功业，凝练成为精辟的一联，而诗人自己的景仰之情同时也就表达出来了。在律诗中，常常需要给予所描写的物象以典型意义，而又出之于高度的概括。这种结合是很吃重的。在杜诗中，对武侯的功业的歌颂，除了这两句以外，如“三分割据纡筹策，万古云霄一羽毛”“伯仲之间见伊吕，指挥若定失萧曹”都是着力地写出来的。不过，在这当中，首先需要作者具有较高的眼光，如果没有对被描写的对象做出正确的、历史的评价能力，那就既谈不上典型意义，而所谓艺术概括，也将流为空谈。

在诗歌的组织形式中，一起和一结都是重要的。起得不好，下面引带不起；结得不好，上边收束不住，尤其是收束不住，势将使全诗大为减色。因此写诗的人，重视起句，更重视结句。

这首诗正是收束得好的例子之一。“出师未捷身先死，长使英雄泪满襟”警策地写出后人对武侯的追念和景仰，使武侯在读者心目中的地位显得愈为崇高了。句中的“英雄”，不但指后世英雄，并且也包括诗人自己在内。这两句话不仅概括诸葛武侯，所有为人民事业战斗不幸赍志而殁的英雄，也全都可以借用这两句话。因此它具有相当巨大的概括力量，成为后人常常引用的名句。

回头再看：起联，写诗人专诚拜访祠堂。次联，写诗人初次踏进祠堂时的感情激动。三联，写诗人对武侯的评价和景仰的原因。然后在结联里，再推出一层意思，写出千万后人对武侯功业的痛惜怀念。于是笔墨异常饱满，而感情又悠然不尽。在区区的八句里，文字的组织安排也是极费调度的。

末了，应该说明的是：杜甫这样地评价诸葛亮，并不就是完全恰切不移的。杜甫有他本身的历史局限与思想局限，我们当然不一定要以杜甫的评价来代替我们的评价。

江　亭

坦腹江亭暖，长吟野望时。
水流心不竞，云在意俱迟。
寂寂春将晚，欣欣物自私。
江东犹苦战，回首一颦眉。

同样写山水，杜甫和王维便有很大不同，王维显出是个甘心恬退的隐士，杜甫却往往在表面恬淡中藏着焦灼与期待，曲折地表露出对人世的无限关怀。拿“江山如有待，花柳更无私”[①]（杜甫《后游》）和“悠然远山暮，独向白云归”（王维《归辋川作》）对比，前者含有多少世态炎凉的味道，而后者却仅是萧然尘外，与世无争。这当中存在着甘心退隐与无可奈何投闲置散的区别。虽然杜甫也写过看来完全是浸沉在眼前美景中的小诗。“迟日江山丽，春风花草香。泥融飞燕子，沙暖睡鸳鸯。”他不可能每首诗都吐出内心的隐秘，不过衡其心迹，也和王维不同。杜甫是在抑郁无聊之中，借此消忧，仿佛以酒浇愁的人，并非真正对酒有什么喜爱，而且因此也容易“露出马脚”。例如“江碧鸟逾白，山青花欲燃”，接下去却忽然是“今春看又过，何日是归年”还是无法摆脱诗人的本来面目。

《江亭》写于上元二年（公元761年），那时杜甫居于成都草堂，生活暂时比较安定。有时也到郊外走走。表面看上去，“坦腹江亭暖，长吟野望时”，和那些山林隐士的感情没有很大不同，然而一读三、四两句，那分歧就出现了。

从表面一层意思看，“水流心不竞”是说江水如此滔滔，好像为了什么事情，争着向前奔跑；而我此时心情平静，无意与流水相争。“云在意俱迟”是说白云在天上移动，那种舒缓悠闲，与我此时的闲适心情全没两样。无怪乎仇兆鳌说它“有淡然物外，优游观化意”（见《杜诗详注》），但其实这只是表面的看法。

不妨拿王维的“流水如有意，暮禽相与还”（《归嵩山作》）来对比一下。王维是自己本来心中宁静，从静中看出了流水、暮禽都有如向自己表示欢迎依恋之意；而杜甫这一联则从静中得出相反的感想。“水流心不竞”，本来心里是“竞”的，看了流水之后，才忽然觉得平日如此栖栖惶惶，毕竟无谓，心中陡然冒出“何须去竞”的一种念头来。“云在意俱迟”也一样，本来抱负，要有所作为，而客观情势却处处和自己为难。在平时，本是极不愿意“迟迟”的，如今看见白云悠悠，于是也突然觉得一向的做法未免是自讨苦吃，应该同白云“俱迟”一下才对了。

正因为这一联的感情，是来自深沉的对身世遭逢的叹息，所以它还隐隐带有一点自我嘲讽的味道。我们不好误认它是闲适之作。

下面第三联，更是进一步揭出诗人杜甫的本色。“寂寂春将晚，欣欣物自私。”上一句说出心头的寂寞，下一句说出众荣独瘁的悲凉，是融景入情的手法。（晚春本来并不寂寞，可是在诗人此时处境看来，毕竟是寂寞无聊的，所以才说“寂寂春将晚”。而尽管眼前百草千花争妍斗艳，又都显得与自己漠不相关，引不起自己心情的活泼，所以又说“欣欣物自私”。）当然，这当中不尽是个人遭逢的感慨，但正好说明诗人此时并非是那样悠闲自在的。读到这里，再来回顾上文，那么第二联的“水流”“云在”，写的是一种什么样的思想感情，岂不是更加明白吗！

杜甫写这首诗的时候，安史之乱未平。李光弼于是年春间大败于邛山，河阳、怀州皆陷。作者虽然避乱在四川，暂时得以“坦腹江亭”，到底还是忘不了国家安危的，因此诗的最后，就不能不归结到“江东犹苦战，回首一颦眉”[②]了。

王维的山水诗，常是表面热闹而内里恬静：杜甫的山水诗，却往往表面闲适，骨子里仍是一片焦灼苦闷。这和两位诗人的思想、生活的歧异是分不开的。[③]

①“江山如有待，花柳更无私。”浅一层意思是说，江山和花草都是有情之物，江山等待着诗人再游，而花柳也对来客坦怀欢迎。但深一层用意，则是江山比之朝廷，似乎对诗人有更大的期待，而花柳与人情世态比较，则更是坦荡无私的。

②“江东犹苦战，回首一颦眉。”各本作“故乡归未得，排闷强裁诗”。本文据草堂本。

③杜甫和王维在思想感情上的歧异，明代的屠隆（长卿）已经注意到。他说：“王元美（世贞）谓少陵集中，不啻有数摩诘（王维字）。此语误也。少陵沉雄博大，多所包括，而独少摩诘之冲然幽适，泠然独往。此少陵生平所短也。少陵慷慨深沉，不除烦热；摩诘参禅悟佛，心地清凉，胸次原自不同。”

野人送朱樱

西蜀樱桃也自红，野人相赠满筠笼。
数回细写愁仍破，万颗匀圆讶许同。
忆昨赐沾门下省，退朝擎出大明宫。
金盘玉箸无消息，此日尝新任转蓬。

杜甫居住在成都，农民送给他一篓樱桃。这本来是一件寻常的事情。如要写成诗，按照题目装点一番，也未尝不可以。可是我们这位诗人对着这一篓子鲜红欲滴的果子，忽然沉思起来。他记起往年在长安的时候，肃宗皇帝曾把禁中的樱桃赐给群臣，杜甫自己也沾过一份。如今，这位皇帝在这一年就去世了；自己离开长安也有三四年。在西蜀重见樱桃时，樱桃颜色依旧，人事却已全非了。在无限感慨之余，他提起笔来，写下了这样八句。

写诗的人，如果胸中还没有酝酿成熟一个完整的意思，往往不免逐句拼凑，比如先得中间两联，再逐段往上下补凑。这固然不是完全不能容许，但是很难不显出拼凑补缀的痕迹，更难以一气呵成。写得坏的，甚至就变成了一幅表情不和谐的图画，只努力于在眼睛、嘴巴上面着力，而忽视了其他。结果，在冲锋的战士脸上，我们看到了坚定的眼睛（这是好的），而在战士的身上、手上，却发现了双肩松弛，两手无力，脚又放得不是位置，好像是另一个人的另一种动作。于是，整幅画都破坏了。这正是忽视了“牵一发而动全身”的常识。这是在许多写得不好的旧体诗中经常见到的。看了杜甫这首诗，我们更能领会“一动百动”的道理之所以必须注意。

我们试看劈头第一句：“西蜀樱桃也自红”，为什么要下“也自”二字，还要点出“西蜀”？不看后面是不明白的。第三句“仍破”，第四句“许同”，初看也很突然，诗人是和什么对比来说的？直等到看了下面，才恍然于这些用字，原来一一有其必要的原因；也恍然于这八句诗在组织上原来如此严密，回环照应，钩锁相连，绝不会有“拆碎下来不成片段”的毛病。

这首诗的着眼点在“忆昨”两字，所以应从这里谈起。唐至德二载（公元757年），杜甫跟着肃宗皇帝返回长安，仍任左拾遗。左拾遗是隶属门下省的。当时有这样的规例，每年四月初一，皇宫内苑摘了樱桃，先向寝庙（皇帝的祖先牌位所在）供奉，然后分赐群臣。杜甫那时也分沾到一份。所以诗里才说“忆昨赐沾门下省”。大明宫在禁苑之东，所以接着说“退朝擎出大明宫”，由于杜甫从农民赠送的樱桃联想到这一段旧事，诗的开头，才下了“西蜀樱桃也自红”这句。在这里，“西蜀”点明有别于长安，“也自红”点明是异地重逢，轻轻逗出下半段的“忆昨”。这一提笔便已充满了抚今追昔之感，并且气势一直笼罩了全篇。

第二句是点明这些樱桃是农民的，并无其他深意。第三句要略为注释一下：“写”，本意为“倾”，亦即是从这一个器具转到另一个器具去的意思。因为樱桃多浆易破，所以说，经过几次倒来转去，尽管十分细心，仍然恐怕弄破了它。

第四句是“忆昨”的伏线，细看樱桃，万颗匀圆，那样子，那色泽，和皇宫颁赐的竟是一模一样，因此讶它如此相同。用“讶许同”三字，于是引出下面一大段感慨。

五、六两句已经说过了，这里补充一点：这两句是全篇的关键。前面千山万壑，迤逦行来，无非要向这里结穴；后面再推开一层，也是从这两句生发开去。

结末两句，“金盘玉箸”是不敢明指皇帝，用它来作代词。是年玄宗、肃宗相继去世，所以说“无消息”。于是归结到自己“尝新”，而自己尝新已不再在长安，樱桃也不再由皇帝赐赠，自己正处于“漂泊西南天地间”的时候，所以最后一句便发出“任转蓬”的慨叹。

诗里有几个活字，都值得我们注意。如“也自”“忆昨”，与“此日”的关系，“细写”与“仍破”的关系，都是值得咀嚼的。

闻官军收河南河北

剑外忽传收蓟北[1]，初闻涕泪满衣裳。

却看妻子愁何在，漫卷诗书喜欲狂。

白日放歌须纵酒，青春作伴好还乡。

即从巴峡穿巫峡，便下襄阳向洛阳！

[1]剑外——梓州在剑门之南；剑门以南的西川，从关中来说就是“剑外”。蓟北——河北。

这是杜甫在代宗广德元年(公元763年)在梓州[1]写的不寻常的诗作。安史之乱延续了七年多了。上一年冬天,唐军收复洛阳;这一年春天,叛将史朝义自杀,他的部将李怀仙斩了他的头来献。从此河南、河北乱事平定。诗人这时远居西川,听见这个消息,不禁大喜若狂。在极度兴奋中写出了这一首诗(被后人称为杜甫的“生平第一快诗”)。是的,这是老杜诗集中的第一快诗。我们说它快,有两个方面的意思:先从这首诗的结构来说,从第一句“忽传收蓟北”开始,便一泻直下,一句紧紧跟着一句,其中没有一刹那的停顿,真可说运笔如风。一口气读下去,我们仿佛看见一眼凿开了的地下喷泉,强大的挟着激流的水柱,汹涌喷薄而出。也好像看见节日的烟花,一冲上天之后,立即变成满天奇光异彩,纷纷扬扬,在夜空中尽情飞舞,使人看了,感到这才是真正的喷发,真正的激荡。这种行文上的快,正好充分表露了诗人感情上的“快”。正因为诗人自天宝之乱以来,亲身感受到祖国灾难和人民疾苦的深重:他曾经陷入胡人手中,目睹敌人“杀戮到鸡狗”的暴行;曾经在战区流亡,看到社会生产力受到严重破坏的惨象,而他自己一家的生活,也严重地受到影响。因此,他对于扑灭这场灾难,回复安定的局面,心情是异常迫切的。现在忽然听见敌人整个崩溃,大局从此平定,就再也无法抑制自己的激动,而需要运用像上面所说的“快”来尽量倾吐兴奋难遏的感情了。从这里可以看出,如果不是真正对自己的国家和人民有着血肉一样的感情,要写出一首真正有血有肉的、动人心魄的好诗,是不可能的。

这首诗除了第一句叙事外,其余七句全是抒情。诗人一听到蓟北收复的消息，一时来不及欢喜，反而涕泪满衣裳。这里反映着过去几年来祖国和个人经历的惨痛。这句话可以说包括了老杜的《哀江头》《悲陈陶》《悲青坂》《春望》《羌村》以及“三吏”“三别”等辉煌著作中所包含的种种感情在内。正因为从前亲身所历的各种艰苦，长期在心里盘旋着的对国运的忧危，到这时忽然全都解下，除了尽情一哭之外，再也找不到别的方法了。这才是真正的喜和真正写出了喜字。

一哭之后，心情才真正舒畅。这时，手里乱卷着书，眼睛却注视着妻子，喜极忘言和手足无措的神态，一时都写了出来。然后又想起要喝酒来庆祝一番，并且一边喝酒还一边唱歌。然后又想到还乡，想到现在春天正是还乡的好季节。更想到还乡要走最快最便捷的道路（诗人这时住在梓州，有故居在洛阳）。真是喜集一心，神驰万里。诗人仿佛已经长上了翅膀，霎时飞到洛阳故居去了。

作为伟大的爱国诗人的杜甫，由于他的思想感情和祖国人民紧紧地血肉相连，他的脉搏和祖国的命运、人民的哀乐一同搏动，所以当人民知道那些叛变国家、引起人民无穷灾难的安禄山、史朝义之流被消灭而兴高采烈的时候，诗人的生花之笔也和广大人民的感情一样长上了双翼，它来不及推敲雕琢，也用不到推敲雕琢，只是滔滔汩汩，奔涌而出，然而却尽了笔歌墨舞的能事，区区的五十六个字便构成一首激动人心的胜利的颂歌。

①梓州——今四川省三台县。

诸　将（第五首）

锦江春色逐人来，巫峡清秋万壑哀。
正忆往时严仆射，共迎中使望乡台。
主恩前后三持节，军令分明数举杯。
西蜀地形天下险，安危须仗出群才。

《诸将》一组诗共五首，作于大历元年（公元766年）秋天。这组诗是作者在祖国外患未已，而地方军阀已开始专横跋扈的时候，表露了对于大局的关怀和期待的。这里选的是第五首，是诗人怀念严武的才略，隐示蜀中还未消弭的危机，希望朝廷委任贤能，使处在国防前线的西川获得巩固。

开头两句，初看好像只是追忆成都的春光和伤叹夔州的秋色，其实用意并不在此。这要从杜甫当时的经历，尤其要从蜀中的政局来看，才能够了解这两句的真正含义。严武在剑南节度使任内，和杜甫交情很好，宾主唱酬，十分投契，这是个人感情方面。更重要的是严武很有将略，兼之治军严明。他曾打败吐蕃，收复一些失地，在他治理下，地方秩序也比较安定。因之“锦江春色逐人来”，写的就是诗人从公从私两方面的亲切感受，而不是徒然追想成都的春天。可是，自从765年严武死在任上以后，由郭英乂继任节度使，情况就大起变化了。郭英乂为人暴戾，残害士卒，汉州刺史崔旰因此率兵攻郭，郭逃到简州被杀；而邛州牙将柏茂琳、泸州牙将杨子琳等又联合起来讨伐崔旰，引起蜀中大乱。到次年，朝廷派杜鸿渐为剑南东西川副元帅，要他安抚地方，杜却一意息事宁人，主张和解，给内讧的双方来个升官了事。军阀专横，引起人民的苦难，杜甫是十分愤慨的。他那时已由成都经云安来到夔州，夔州附近就是长江的巫峡。因此诗的第二句“巫峡清秋万壑哀”，也不是写巫峡的秋景，而是暗指自己在夔州时所闻所见的使人丧气的事实。通过这两句，诗人对严武早逝的伤悼，同时也就表露出来了。

因为一、二两句只是虚虚喝起，所以三、四两句就进一步实写严武。严武死后，追赠尚书左仆射，故称严仆射；望乡台在成都之北；中使，指皇帝派到地方去的宦官。这里选取严武和他迎接中使这件事来写，也有用意。它正面之意，自是颂扬严武对中央政府的服从和尊重，而深一层去看，我们就不难发现诗人还在反衬出严武死后蜀中军阀的跋扈专横，具体指的就是崔旰、柏茂琳等辈。不然的话，严武生平可写的事实不少，单独拈出“共迎中使”这件事，就没有太大的必要了。在这里，诗人用笔虽然曲折了些，但用意还是可以看得出来的。

这四句诗，要细看才看出它的好处。前人曾把一些好的诗句喻为玲珑宝塔。外层的瑰丽不用说，还有里层的光彩也分明透出外面。人们很难分辨这些光华到底从哪一层闪进眼里。细看这四句诗就会有这种感觉。

“主恩前后三持节”，既写出朝廷对严武的倚重，又衬出严武安边的才略；“军令分明数举杯”，既写严武善于治军，而且还能好整以暇，从容不迫，大有儒将风度。这两句，洋溢着对于严武的怀念之情，并且把自己在他幕下时宾主投契的情景也轻轻捎带了出来。（严武初以御史中丞出为绵州刺史，迁东川节度使，再擢成都尹、剑南节度使，后又以黄门侍郎任剑南节度使，故称三持节。杜甫出任节度使署参谋，检校工部员外郎，是由于严武的推荐。“数举杯”，指宾主经常聚会谈天）。

结末两句，诗人表露了对朝廷的期望：西蜀是个险要的地方，关系国家安危，必须任用像严武这样的出群之才，才能对国家对地方有好处。言下之意，对于杜鸿渐之流深感不满。

杜甫对严武的怀念是深刻纯挚的，但又不仅仅出于个人怀旧的情感，更主要的是从严武的治绩联系到祖国安危和地方治乱。因而诗人对宿将飘零的感叹，最后归结到对朝廷选才的期待上。这是出自深厚的爱国之情，已不止于知己之感了。

江　汉

江汉思归客，乾坤一腐儒。

片云天共远，永夜月同孤。

落日心犹壮，秋风病欲苏。

古来存老马，不必取长途。

在艰难窘迫的环境里，一个有抱负的人，应该怎样处理自己？是长嗟短叹，怨天尤人，丧失斗志，平日的抱负从此付诸流水；还是忠于自己的为祖国为人民的理想，顽强地战斗下去？两种不同的态度，反映出两种不同的世界观、人生观。

杜甫从四川漂泊到湖北的时候，是在大历三年（公元768年），人已经五十七岁了，不仅年老多病，而且环境十分恶劣。他到了荆州的时候，虽然堂弟杜位在荆南节度使幕下做行军司马，郑虔的弟弟郑审也做着江陵少尹，杜甫和他俩都有相当关系，可是得到他俩的帮助实际不多。在《秋日荆南述怀》诗中，杜甫这样写下了当时的生活：

苦摇求食尾，常曝报恩腮。

结舌防谗柄，探肠有祸胎。

苍茫步兵哭，展转仲宣哀。

饥借家家米，愁征处处杯。

这种可怜的生活，对于抱着“致君尧舜上，再使风俗淳”的志愿的他来说，该是多么辛辣的讽刺。当然杜甫也发出过“我行何到此，物理直难齐”和“百年同弃物，万国尽穷途”的疑问和哀叹，这也是可以理解的。然而杜甫却并不是个“穷途唯恸哭”的人。即使在老病交侵、走投无路的逆境中，仍然没有放弃自己的抱负，不仅依旧处处关心祖国的命运，依旧“穷年忧黎元，叹息肠内热”；而且雄心壮志仍旧随处触发。除了本诗之外，后来他在公安县凭吊吕蒙营和刘备城的遗址时，就写道：

洒落君臣契，飞腾战伐名。

维舟倚前浦，长啸一含情。

对于前人君臣之间的投契和他们建立的功业，依然心焉向往。在泊舟岳阳城下时，他又写道：

留滞才难尽，艰危气益增。

图南未可料，变化有鲲鹏。

并不认为自己从此就没有希望了。这种为祖国为人民坚持战斗的精神，是值得我们崇敬的。

这首诗分前后两大段。前四句写思归之情，后四句申明思归的用意。

“江汉思归客，乾坤一腐儒。”上句说自己已经漂泊到荆州。从全诗看来，句中“归”字不应解作还乡，切当地说，是想回到朝廷，为国家尽一点力量。因此下句点出“乾坤一腐儒”。“儒”在某种含义上说，代表入世的积极态度，“乾坤”两字，又很有点自负，可以反证“归”字并不是归乡隐逸，而是要有所作为。不过，“乾坤”下面接“一腐儒”，仍然不能不是透露了诗人对于流落不遇的命运的感叹。

“片云天共远，永夜月同孤”写出目前处境，是紧接上两句而来。自己像一片孤云，对朝廷来说，有如天样遥远。在这长夜之中，自己的孤独又有如一轮天上的月亮。

“落日心犹壮，秋风病欲苏。”却又陡然振作精神，表示了自己“烈士暮年，壮心不已”的态度。虽然日子不长，有如西倾的落日，可是心里还想着干一点事业，不要因年老而颓唐下去。何况在秋凉的时候，自己的病好像又有点好转，这就更应该振作一番了。（“落日”二字，只是形象的比喻，指自己垂暮之年，不能认为杜甫恰才写了永夜的月，忽然又写黄昏落日是自相矛盾。）

末后两句，也是承老病而来。那意思是说，有人以为我老了，并且生病，恐怕干不了什么事情了。可是，古人不肯把老马抛弃掉，正是因为老马还有别的用处，不一定要它长途奔走呵（这是暗用《韩非子》“老马识途”的典故）！在杜甫说，这是一句谦辞，也是最低的期望；然而李唐王朝对于这位伟大诗人的满腔热血却终于加以漠视，他终于无人理睬，直到客死江南。因而这两句诗也就无异于对那个从此一步步走向破败没落的封建王朝的强烈讽刺了。

登岳阳楼

昔闻洞庭水，今上岳阳楼。
吴楚东南坼[1]，乾坤日夜浮。
亲朋无一字，老病有孤舟。
戎马关山北，凭[2]轩涕泗流。

[1]坼——裂开。
[2]凭——念平声，不念仄声。

这是杜甫晚年流寓湖南时的作品。，那时他已经五十七岁了。正值国家多难，个人境遇又异常困苦，加上既老且病，心情是很悒郁的。然而杜甫晚年在律诗的创作上是更趋成熟了，他曾自称“晚节渐于诗律细”。这一首五律，可以显明地看出诗人晚年的艺术造诣。

岳阳楼在岳阳县城西门上，面对的洞庭湖，是中国南方第二大的湖泊，诗人自然久已闻名。因此开头两句，就道出了渴欲一见而夙愿终偿的欣悦心情。在律诗中，开头两句本来可以不必对仗的，如今却也做成一联，那是为了加强对比今昔两者的缘故。

三、四两句极力描写洞庭湖的景色。在整首诗里，仅有这两句是景色的描写，因此它的要求异常严格。在十个字里，必须典型地概括地写出洞庭湖的雄伟气势。这首诗的成功或失败，在很大程度上就系在这十个字身上。这好像面对一场严格的考试。尤其是在老杜之前，孟浩然已经写下了“气蒸云梦泽，波撼岳阳城”（《望洞庭湖赠张丞相》）的名句，更使后人不容易措手。此中的关键，在于诗人的胸襟怀抱与熔铸万物的艺术才华。然而老杜在这方面，的确是一个高手，因而他就能够比他的先辈开拓得更远。

“吴楚东南坼”，是说洞庭湖汪洋万顷，好像把处于它东方的吴和南方的楚这片大原野，打开一个大缺口一样，“乾坤日夜浮”，是说太阳和月亮好像就在这湖里升降出没。这十个字，就把洞庭湖的壮伟开阔，异常生动地写出来了。写景，看来每个诗人都会，其实它和诗人的胸襟气度的大小、思想性的高下极有关系，有些诗人就只能写身边的小事，而不能瞻瞩得更远。《北梦琐言》曾经嘲讽唐求（唐末的隐士）的诗，说它从来没有走出二百里路以外（指诗的思想境界），这话很值得诗人们体味和警惕。

五、六两句，转到自己身上。杜甫从公元760年开始，就度着“漂泊西南”的艰苦岁月，到现在已经整整八年了。从四川经湖北到了湖南，漂泊的生活使他和亲朋的书信来往完全断绝；加上一身多病，正如随处漂流的孤舟一样，自己一路上只有以舟为生，如今看了这样开阔的天地，就不能不陡然想起自己。天地是如此广阔，可是自己的处境却狭窄到这种地步，两相对比，更为难堪。这是诗人此时的实际感受，所以上面写得极开阔，这里就写得极黯淡，前后映衬，越显得两者的矛盾。而诗人的无穷感慨，也就不难从这里看得出来。

诗写到这里，要收煞是很不好办的。难道还要为个人的境遇怨艾下去吗？不，杜甫是个始终关心祖国安危和人民疾苦的伟大诗人，就是在这种境遇底下，他还是没有忘记国家大局。这一年（公元768年），吐蕃进攻灵武和邠州，京师戒严，白元光等率兵击破吐蕃于灵武，郭子仪又亲率朔方兵防守邠州。祖国的西北边防正处在多事之秋。“戎马关山北”，指的正是这些事。然而通过这一句，我们却猛然感觉到，诗人的“凭轩涕泗流”，不仅不是光为个人身世而悲恸，而且上面的“亲朋……”两句，也并非单纯是个人流落的感叹。正因为国家多难，诗人却无从尽一点绵薄的力量，昔年抱负，都成泡影，这才在登临之际，引起家国身世的重重感触而忍不住老泪交流了。“戎马关山北”五字，绾上结下，在这里起了极其重要的作用。

我们又一次看到老杜诗律的精严，它每一个字都不是随便安下去的。

严武

726—765年，字季鹰，华州华阴人。唐朝中期大臣、诗人。他与杜甫最友善，常以诗歌唱和。杜甫称赞严诗说：『诗清立意新。』《全唐诗》中录存六首。

军城早秋

昨夜秋风入汉关，朔云边月满西山。

更催飞将追骄虏，莫遣沙场匹马还!

严武，在安史之乱前后，是一员有名的将领。我们在分析杜甫的《诸将》那首诗里已经谈过他了。严武又是一位诗人，留存下来的诗虽然不多，但是从这首诗来看，思想水平和艺术水平都是不差的。他和杜甫的交情很好，说不定文字上的相知也是一个原因吧！

安史之乱以后，吐蕃成为迫近唐帝国心脏的强敌。他们知道河西走廊的驻军内调，边陆空虚，就乘机向东侵入。河陇一带（今甘肃东部），相继沦陷。广德元年（公元763年），破泾邠二州，占领首都长安十三天，曾改立李承宏为帝。听说郭子仪率引大军开到，这才匆匆退走。第二年，叛将仆固怀恩再引吐蕃、回纥兵十余万众入寇，亦被郭子仪击退。那时严武是剑南节度使。剑南和吐蕃的东境接壤，也是敌人矛头指向的地方。严武这一年和吐蕃作战，击破吐蕃七万余众，攻克当狗城（在今四川阿坝藏族自治州境内），跟着又收复盐川城（在甘肃省漳县西北）。这一首诗，就是在这一年写下来的。

节度使是镇守边疆的主将，担负着国防重责。这首诗很能够显出作者这种身份——写出一个身负国防安全之责的边关主将，在对敌斗争中的高度警惕性和责任感，具有丰富的思想内容。

先对开头两句话作如下的艺术分析：一个早秋的晚上，萧瑟的秋风从西北吹到边关来了。如果是一般诗人，他想到的也许是个人的什么，但是在这位将军看来，秋风一起，就意味着这是敌人进行入寇活动的有利季节，因而马上警惕起来。于是他登上城楼，放眼远望。那时月亮正高高悬在天空，远处的西山（即四川西部的大雪山），寒冰映月，射出一片迷茫的惨白；给冷空气凝聚起来的云彩，也变得十分沉重地压在大地上。周围的景色是如此严肃静默，仿佛就在两军相斗的前夕。他眼里观察着，心中盘算着：怎样应付突然出现的敌人？怎样解除隐伏的威胁？是消极守备还是主动出击？……这些要解决的问题都在他心头反复激荡。这就是开头两句的复杂的内涵。它是边关的秋夜景色，然而景中有人物，更有人物的思想感情。而这种思想感情，和作为边关主将的严武的身份又是融浑一体的。题目是《军城早秋》，诗一开头就下“昨夜”二字，可见这位将军对秋天的反应是如何的敏锐、迅疾。“秋风入汉关”着一“汉”字，含有带来警耗的意味，因而下文“朔云边月满西山”，就使人有战云密布的感觉。这些都是从主将眼中看出，心底涌出，于是下面两句，就异常豪迈地有力地迸射出来了。

“更催飞将追骄虏，莫遣沙场匹马还！”这是像斩钉截铁似的决心。他已经得到情报，前锋和敌人遭遇上了，并且杀退了来犯的敌人。于是他发出命令：不能就此停止下来，必须彻底干净地把敌人消灭掉，不让敌人一个人一匹马逃走回去！

这是一篇洋溢着爱国激情的诗歌。作为边关主将的警惕性与责任感，他对军事形势的果断的决定，以及蔑视敌人的豪迈气概，都在四句诗中集中地形象地表现出来。无怪杜甫读了之后，忍不住也来和了一首①，表达出同样激昂奋发的心情。

①杜甫的诗，题为《奉和严郑公军城早秋》，诗云：“秋风袅袅动高旌，玉帐分弓射虏营。已收滴博云间戍，欲夺蓬婆雪外城。”

刘长卿

？—约789年，字文房，河间(今属河南)人。工于诗，长于五言，自称『五言长城』。其诗多写仕途失意之感，也有反映离乱之作，善于描绘自然风物。风格简淡。有《刘随州诗集》。

别严士元

春风倚棹阖闾城，水国春寒阴复晴。
细雨湿衣看不见，闲花落地听无声。
日斜江上孤帆影，草绿湖南万里情。
东道[1]若逢相识问，青袍今已误儒生。

[1]此诗题目又作“送严员外”。作者一说是李嘉祐。

唐代诗人送行赠别的诗很多。翻开一部《全唐诗》，送客、赠别的题目，简直会使你眼花缭乱。这大抵是时代风气使然，朋友远行，赋诗为别，成为少不了的节目，就因为这样，应酬势所必然，而平庸的作品也就很难避免。便是名家里手，一旦碰上人和事都不很凑合的时候，写出来的诗大失水平，例子也不是很少见的。

为了避开令人厌烦的应酬滥调，有些诗人就从技巧上多下工夫。这不能不说是一种苦心。同是送行赠别的题目，或以警句洗刷平庸，或以构思出奇制胜，或以藻丽表现所长，或以鲜新动人耳目。因此，在该一类作品中，别的且不谈，它的技巧却蔚为五花八门的大观。

在这里，谈谈这样一种技巧：运用一连串“景语”来叙述事件的进程和人物的行动。换句话说，写景是为了叙事抒情，其目的不在描山画水。然而，毕竟又是描写了风景，所以画面是生动的，辞藻是美丽的，诗意也显得是浓厚的。诗人借助于形象的作用，把陈腐平凡化为优美。这样，它就和叙事的文体有明显的区别，也不会受到“押韵之文”的指摘了。

刘长卿，字文房，大约和杜甫同时，但他的创作活动主要却在天宝之后。他曾做过肃宗的监察御史，转运使判官，又曾被贬为潘州南巴尉，官终于随州刺史。他在当时诗名颇高。《唐诗纪事》说他“以诗驰声上元、宝应间”。皇甫湜也推崇他，曾说：“诗未有刘长卿一句，已呼宋为老兵矣。”严士元是吴（苏州）人，曾官员外郎。写这首诗的年代和写诗的背景，因为不见记载，无可稽查。从诗的内容，两人是在苏州偶然重遇，而一晤之后，严士元又要到湖南去，所以刘长卿写了诗作为赠别。

阖闾城就是江苏的苏州城。从“倚棹”（把船桨搁起来）二字，可以知道这两位朋友是在城外江边偶然相遇，稍作停留。时节正值春初，南方“水乡”还未脱出寒意，天气乍阴乍晴、变幻不定。我们寻味开头两句，已经知道两位朋友正在岸上携手徘徊，在谈笑中也提到江南一带的天气了。

三、四两句是有名的写景句子。有人说他观察入微，下笔精细。话是说得很对。可是我们从另一个角度去看，却分明看见两人正在席地谈天，也许还是打开酒榼，喝起酒来。因为两位朋友同时都接触到这些客观的景物：正在笑谈之际，飘来了一阵毛毛细雨，雨细得连看也看不见，衣服却分明觉得微微湿润。树上，偶尔飘下几朵残花，轻轻漾漾，落到地上连一点声音都没有。这并不是单纯描写风景。因为我们已仿佛看见景色之中复印着人物的动作，领略到人物在欣赏景色时的惬意表情。我们这种联想是有必要的，不然的话，这两句诗就变成纯粹的描写风景，而整首诗的内在联系就脱了节，成为一堆散落的没有意义的材料了。

“日斜江上孤帆影”这句也应该同样理解。一方面，它写出了落日去帆的景色；另一方面，又暗暗带出了两人盘桓到薄暮时分，严士元起身告辞，诗人亲自送到岸边，眼看着解缆起帆，船儿在夕阳之下渐渐远去的一段情景。七个字同样构成景物、事态和情感的交错复迭。

以下，“草绿湖南万里情”，补充点出严士元所去之地。景物不在眼前了，是在诗人想象之中。但也掺杂着游子远行和朋友惜别的特殊感情。

“青袍今已误儒生”，是一句牢骚话。唐代，贞观四年（公元630年）规定，八品九品官员的官服是青色的。上元元年（公元674年）又规定，八品官员服深青，九品官员服浅青。刘长卿当时应该是八九品的官员，穿的是青色袍服，他认为这就是失意了。

诗中的“景语”，不应该是单层的。应该有一定的深度，即几个层次，让情、景、事同时在读者眼前出现。唐代诗人运用这种手法的很不少。我觉得这是很值得我们借鉴的。

碧涧别墅喜皇甫侍御相访

荒村带返照，落叶乱纷纷。

古路无行客，寒山独见君。

野桥经雨断，涧水向田分。

不为怜同病，何人到白云！

诗人住在碧涧的一所别墅里，他的老朋友皇甫曾（字孝常，宫殿中侍御史）来探望他，并且赠给他一首诗（见《唐诗纪事》卷二十七），诗人也就写了这首诗作为酬谢。

这里八句诗应该分两段来读，前四句是一个段落，后四句又是一个段落。

诗一开头写出村居的荒寂。本来已经十分荒凉的山村，加上又是黄昏景色，那种冷落就格外沉重了。附近看不到一个行人，有的只是沙沙作响的、在地上翻来拥去的落叶。这两句描写不简单，它暗藏了一段情节在内，说明诗人是预先知道这位朋友今天要来，可是盼了一整天，直看到太阳下了山，余光返照，仍然不见朋友的踪影，在焦灼盼望中，听到风吹落叶的声音，就以为朋友来了。这样的开头很巧妙，它是带着诗人此时此际的感情一同出现的，不是随随便便的描画一幅晚景。

下接两句，情节进了一步。在“古路无行客”这句里，说明诗人在屋子里待不住，于是走出屋子来，沿着荒径，希望在半路上迎住这位客人。可是路上仍然看不见一个行客，心里就越发焦急。

转入“寒山独见君”句，朋友终于来了。在苍茫的山色中，彼此欣然会面，诗人此时的喜悦，可以从句中的“独”字看出来，他这时好像什么也没有看到，也不在话下，眼中独独只有这位朋友。所以“独”字下得很传神。

以上是一段。我们要看他怎样通过景色的描写，来暗示自己思想感情上的逐步变化。他起初是盼望了又盼望，心情焦急，连落叶的声响也疑作朋友的脚步，（“月移花影动，疑是故人来”，比这个就裸露得多了），然后再迎出路上去，一路上仍然心神不定，以为朋友也许不会来了，然后才是半路相遇，有点意外地握手喜慰。二十个字，曲曲折折，利利落落，情景兼至，把题目的“喜”字烘染得生动有神，完全不落俗套。

下面四句是叙述会面以后一对老朋友感情上的无比亲切。“野桥经雨断”，是两人绕过了给大雨冲断的小桥；“涧水向田分”，是指点着流向田野中的涧水，议论着这里的景色。通过这两句，我们仿佛看见这对亲密的朋友，正在携手漫游，欣赏着这个被命名为“碧涧”的山光水色。同时，作者对于老朋友不辞跋涉跑到这个荒村，也显然表示了喜慰。这两句，景中显出了人物，而且显出人物的动作和感情。然而，这只有把整首诗联系起来看才捉摸得到，如果单独摘出这两句，或者把它换到另外一个位置上，就会变成另外一种意义了。这种个别与整体的关系，在律诗中特别显得重要。在创作处理上固须严谨，我们领会它，也丝毫不能含糊马虎。

末两句固然是题中应有的话：不是你我同病相怜，你怎会老远跑到这个荒村来啊！但是话中好像还隐隐有另外一层含义，那意思是说，像我这个隐居在荒村中的人，早就给朝廷里面的达官贵人忘掉了，只有你这个重视朋友交情的人，才肯老远地跑到这儿来。言外之意，是多少有点对人情世态的感慨的。我们回看“古路无行客”和“野桥经雨断”两句，也多少可以体味出作者这层含蓄的用意。

郎士元

生卒年不详，字君胄，中山（今河北定州）人，其与钱起齐名，世称『钱郎』。他们诗名甚盛，集中多投赠送别之作。

送杨中丞和蕃

锦车登陇日，边草正萋萋。
旧好随君长，新愁听鼓鼙。
河源飞鸟外，雪岭大荒西。
汉垒今犹在，遥知路不迷。

《唐才子传》记载了这样一段话："（郎士元）与员外郎钱起齐名。时朝廷自丞相以下，出牧奉使，无两君诗文祖饯，人以为愧。其珍重如此。"这样，难免使人觉得郎士元是个"应酬专家"。他的作品价值如何也就可想而知。这位诗人现存诗只一卷，从这部分诗来看，好的作品实在不多，并且应酬也是事实！不过，这当中也要有具体分析，笼统地说所有赠行送别之作，都是毫无内容的泛泛应酬，却未必能使作者心服。比如，这首《送杨中丞和蕃》，内容就并不泛泛。

天宝以后，吐蕃乘唐王朝的衰弱，侵夺了河西、陇西大片土地，唐王朝无力收复，只好和吐蕃谈判屈辱性的和平。吐蕃却一面谈和，一面继续侵扰（代宗、德宗两朝，吐蕃四度和唐会盟，却又无岁不来侵袭）。唐王朝这种和蕃政策，实质上变成一种屈辱妥协的政策，那是不难想见的。作者送这位杨中丞和蕃时，不能不有所感慨，因此在送行惜别之际，他就曲折地表达了自己的心情。

开头两句，点明杨中丞出发的地点和时间，同时也带出作者送别之情。"又送王孙去，萋萋满别情"是惯用的惜别之词。这是题中应有之笔，毋庸深论。

三、四两句用意就深了一些。"君长"，是古人称外邦或藩属的君主的习惯用语。"旧好"，点明这不是第一次的两国修好，而是过去就有的了。然而句中却着一"随"字。这个字很有讲究，它点明唐帝国虽与吐蕃修好，但是主动权其实不在唐帝国这边，而是在吐蕃那边。吐蕃一面也谈和好，一面又不断进行侵略，唐帝国完全处在被动地位。

这就是“旧好随君长”要下个“随”字的理由。正因如此，对句的“新愁听鼓鼙”，既是事实，也是这种屈辱政策势所必至的结果了。这两句概括了当时整个西北局势的可悲可虑，并不是泛泛应酬的话。

五、六两句，包含两层作用。一层作用是点出杨中丞去国之远和旅途的艰苦。黄河发源地当时属于吐蕃，诗人形容其边远，用“飞鸟外”三字，意说这是鸟飞不到的地方。雪岭即今四川省大雪山，当时亦属吐蕃。说“大荒西”，也是点明所去地方之远（雪岭，泛指西藏高原也可以）。言下便含有旅程艰苦的意思。但这两句又为末句的“路不迷”伏下一笔。或者换一个说法，从路途的遥远引出结联的那层意思来。

“汉垒今犹在，遥知路不迷。”初看上去，无非在说：路途虽然像上面说的那样悠长、艰苦，但是一路上还留下汉代建筑的许多堡垒，可以作为标记，我知道你是不会迷路的。这样理解，自然也很说得通。不过，作者的真意并不在此。作者是从“汉垒”二字生发出自己的感慨，那意思是说：你看！汉代的堡垒伸展到如此边远的地方，它们的存在，说明那个时候汉朝国力是强盛的，对付外敌侵略是有办法的，它们曾经有力地拱卫着边疆国防，发挥过重大作用。如今，这些堡垒依然存在。然而使人慨叹的是，它们的作用却完全不同了，那一个接一个地伸向远方的堡垒群，对于唐帝国来说，已经沦落到成为屈辱求和的使臣的指路碑的悲惨地步了！——十个字里，原来包含着深沉的感慨的。

这样的赠行诗，就有较深刻的思想内容，就不会成为泛泛应酬之作。

钱起

约720—约782年，字仲文，吴兴（今浙江湖州）人。『大历十才子』之一。钱起当时诗名很盛，其诗多为赠别应酬，流连光景、粉饰太平之作，与社会现实相距较远。然其诗具有较高的艺术水平，风格清空闲雅、流丽纤秀，尤长于写景，为大历诗风的杰出代表。有《钱考功集》。

省试湘灵鼓瑟

善鼓云和瑟[1]，尝闻帝子[2]灵。
冯夷[3]空自舞，楚客不堪听。
苦调凄金石，清音入杳冥[4]。
苍梧来怨慕，白芷[5]动芳馨。
流水传湘浦，悲风过洞庭。
曲终人不见，江上数峰青。

[1]云和瑟——云和，古山名。《周礼·春官大司乐》："云和之琴瑟。"
[2]帝子——屈原《九歌》："帝子降兮北渚。"注者多认为帝子是尧女，即舜妻。
[3]冯夷——冯音凭，传说中的河神名。见《后汉书·张衡传》注。《山海经》又作冰夷。
[4]杳冥——遥远的地方。
[5]白芷——伞形科草本植物，高四尺余，夏日开小白花。

试帖诗开始于唐代，是科举考试时拿来测验士子的一种诗体。它的格式，通常是五言六韵（偶然也可以用四韵或八韵）；既要按照官定的韵部押韵，中间几联又要对仗工稳；既须扣紧题目，还不许诗中有重复的字。考官出的题目是漫无边际的，可以出经、史、子、集里的一句话，也可以出前人的诗句、典故，还有天文、地理、花木、虫鱼都可以做题。士子事先预制是不可能的。反正它是束缚思想的“八股”，如今早已成为历史陈迹了。

但是既然谈到唐诗，这种体格少不得也要涉及一下。钱起这首《省试湘灵鼓瑟》，倒算得上是代表作。

本来写诗作文，限制太严不好，但事实上也不能把人都限制住。鲁迅先生说过：“想从一个题目限制了作家，其实是不能够的。假如出一个‘学而时习之’的试题，叫遗少和车夫来做八股，那做法就决定不一样。”（见《准风月谈·前记》）省试《浙灵鼓瑟》不仅限制不了钱起，反而让他写出一首传诵不衰的好诗，这就可见。

《湘灵鼓瑟》这个题目，是从《楚辞》摘取出来的。屈原的《远游》里面有“使湘灵鼓瑟兮，令海若舞冯夷”的句子，所以考官就出了这个题目。

诗的开头两句只是点题，点出既是湘灵，她又正在鼓瑟。在试帖诗里，这叫做概括题旨，是很重要的一笔。那么，湘灵又是什么人呢？有人说她是湘水之神，也有人说就是舜帝的两位妃子。楚国从古就有许多神话传说，你说舜帝的妃子死后化成湘水之神可以，说湘水本来自有一位女神也可以。考证不是这儿的事，也不必去追问她到底是娥皇还是女英。

湘水女神在弹奏仙乐，诗人于是就展开自己一双想象之翼，往返盘旋在仙乐的氛围之中。那瑟曲是多么动听啊！它首先吸引了那个名叫冯夷、又叫冰夷的河伯，让他忍不住在水上跳起舞来，并且引得大大小小的各种各样的水族们都一齐欢欣跳跃起来了。可是，它们似乎没有真正听懂隐藏在美丽的乐声中的情绪，这种欢舞其实是徒然的。因为，她在乐曲里表达的是哀怨凄苦，寄托了怀人思远的感情。

但聪明的人是懂得湘灵的心意的。尤其是那些“楚客”，这应该包括屈原、贾谊，和历代被贬谪南行而经过湘水的人吧。从广义来说，这些人都可以称为“楚客”。他们听到这些哀怨的乐声，怎不感到十分难过呢！

你听，那些清亢响亮像金属或者坚劲有力像磬石①的声音，加上凄苦的情调，从水上远远飘开去，一直飘到很远很远，渐渐沉没在无边无际的苍穹的远方。

诗人的想象如今伸展得更广阔了。他想到，如此优美而哀怨的乐声，一定把远在苍梧之野、也就是九嶷山上的舜帝之灵都为之惊动了，连他都引起怀旧的愁情了。他也许会飘到湘水上空来倾听吧！至于近在湘水之旁，曾经因屈原的品题而著名的香草——白芷，更会受到乐曲的激动，因而越发吐出它的芳香来的。

乐声在水面上飘扬，顺着湘江两岸的黄沙碧草，顺着那清澈见底的流水，一直传递开去，让整条湘江、包括广大的湘江两岸都沉浸在优美的旋律之中。可是在湘水上空，空气却挟着哀怨的乐音，化成一股悲风，这股悲风弥漫开去，扩散开去，飞过了整个八百里的洞庭湖。

中间这四韵，共是八句，诗人就是凭借他惊人的想象力，极力描绘湘灵的瑟曲的神奇力量。让我们看到了音乐的诗，也同时听到诗的音乐，从而获得美的满足。

然而更妙的还有最后两句：

曲终人不见，江上数峰青。

上文紧扣题目，反复渲染，已经把湘灵鼓瑟描写得淋漓尽致了。如今剩下只有一韵，便是整首诗的收束。这可不是容易下笔的。一首诗铺不开固然不好，收不住同样也不行。你看诗人真是胸有成竹。他紧紧扣住“湘灵”，丝毫不走。湘灵既然是女神，她可以出现形象，也可以隐去形象。在鼓瑟的时候，诗人想象她的形象随同乐声出现，而一曲既终，女神的形象与乐声同时消失，当然也在意料之中。所以“曲终人不见”，真可说是神来之笔。但更为难得的是，“人不见”以后却以“江上数峰青”收结。这五个字之所以下得好，是因为由湘灵鼓瑟所造成的一片似真如幻、绚丽多彩的世界，却在一眨眼间一齐收拾干净。收拾干净以后，马上就让人回到了现实世界。这个现实世界还是湘江，还是湘灵所在的山山水水。只是，一江如带，数峰似染，景色如此恬静，让人在回到现实世界以后，仍然留下悠悠的思恋。

我不想再啰嗦下去，恐怕会破坏读者的美好的想象。但是，顺便提一下有关这首诗的一件趣事还是应该的：

那是大中十二年（公元858年）。正在举行一次进士考试。宣宗皇帝忽然拿起一个试卷，问考官李藩：士子写的试帖诗，如果有重复的字，不能录取？李藩回答说：从前钱起试《湘灵鼓瑟》就有重复的字，偶尔也可以破例吧。宣宗听了，笑了一笑：这个人的诗哪能同钱起相比。卷子终于落选了。大中十二年离钱起考试的天宝十载（公元751年）已经一百多年，在试帖诗中，它仍然是公认的范本。

①磬石——安山岩的一种，色黑，质密致，可以制磬，声音响亮。

赠阙下裴舍人

二月黄鹂飞上林，春城紫禁晓阴阴。
长乐钟声花外尽，龙池柳色雨中深。
阳和[1]不散穷途恨，霄汉常悬捧日心[2]。
献赋[3]十年犹未遇，羞将白发对华簪[4]。

[1]阳和——春天的温暖。
[2]捧日心——指对帝王的爱戴心情。
[3]献赋——指参加科举考试。
[4]华簪——指显贵的官员。句意是慨叹自己沉沦于下僚。

钱起这首七律是很著名的。开头四句描写长安宫苑的春天景色，渲染得何其浓丽，读了真使人为之神往。

但是也不免有点儿可惜。诗人既如此兴致勃勃地浓染了长安宫苑之春，怎么一转笔就呜呜咽咽诉起苦来，让人觉得很不对劲。这是诗人的败笔么，还是有别的原因？

这个问题提得好。因为探讨起来饶有趣味。

诗人写风景，常常是为了写人。写人的言谈举动，甚至是写人的隐微的内心世界。这在前面分析刘长卿《别严士元》诗中已经说过了。但钱起这首诗却有点不同，他是抱着另外的目的来写景的。

我们先戳穿来说：钱起写这四句"景语"，目的是在颂扬。但不是赞颂皇家宫苑的美丽堂皇，向皇帝讨好一番，而是目标向着姓裴的舍人，让裴舍人读了这四句诗会飘飘然觉得高兴，如此而已。

但我却想借此谈谈诗中的形象思维的另一个作用。那就是：它可以用来表现某种人物的身份地位。懂得的人，一看就知道你是在有意讨好，但又不着痕迹。因为你笔下描写的是美媚的景色。

自然，想说明某人的身份地位，假如你喜欢"打开天窗说亮话"，径直地指出你某人是什么官职，担任些什么工作，那也行。在唐诗中就有例子。比如姚合的《寄裴起居》：

千官晓立炉烟里，立近丹墀是起居。

彩笔专书皇帝语，书成几卷太平书。

所谓"起居"，就是起居舍人。他的职守是"掌修记言之史，录制诰德音，如记事之制”。（《新唐书·百官志》）这就是说，他是专职记录皇帝的言语、行动，并且把它整理成书的。所以姚合给姓裴的起居舍人寄诗，就把他的职守如实地叙述一番，算是颂扬这位皇帝身边的官员了。

但是，从诗的艺术来看，我们显然不能满意这种写法。因为实在是了无诗味，使人意兴索然。

钱起也是写诗给一个姓裴的舍人。他在长安的时候，为了向裴舍人请求援引，所以诗的后半，全是申述自己的不幸境遇和忧郁心情。但诗的前半，一连四句写的都是春天的美景。前后好像截然无关。

且看开头四句的描写：

早春二月，在上林苑里，黄鹂成群地飞鸣追逐，好一派活跃的春的气氛！紫禁城中更是充满春意，拂晓的时候，在树木葱茏之中，洒下一片淡淡的春阴。长乐宫的钟敲响了，钟声飞过宫墙，飘到空中，又缓缓散落在花树之外。那曾经是玄宗发祥之地的龙池，千万株春意盎然的杨柳，在细雨之中越发显得苍翠欲滴了。

这样演述这四句诗，并没有走失作者的原意。可是，只这样演述，能够说已经把作者的意思都表达出来了吗？显然不能够这样说。甚至应该尖刻地批评一句：这样的演述，只不过是把皮毛重描了一下，根本没有深入到它的内里去，批评得其实算不得过分。

自然界的风景是够多的了。就算在长安，可以描写的难道还会少吗？为什么他在给裴舍人的诗里偏要集中描绘上林、紫禁、长乐和龙池的春色？这样问不是无理取闹。你不能拿“随随便便凑合一下”这类的遁词来搪塞了事。

先翻开书查一查几个地名吧。上林苑是汉武帝时根据旧苑扩充修建起来的，是历史上著名的御苑。读过司马相如《上林赋》的人都能领略其豪华的概貌。紫禁后来又叫紫禁城，它是臣民们对皇宫的敬称。长乐宫在长安城内，原是汉高祖根据秦时旧宫改建的。至于龙池，则是唐玄宗登位以前他那王邸中一个小湖，王邸后来改为兴庆宫，玄宗曾在宫听政。诗人沈佺期写的“龙池跃龙龙已飞”，就是指的这个地方。这几处宫苑，名字虽然新旧夹杂，却都是皇帝日常游幸或听政的宸居。钱起挑选这几个地方加以描写，难道只是随手拾来，没有他认为必要的缘由？回答当然是否定的。

问题至此还没有到底。既是赠诗给裴舍人，为什么一定要牵扯到这些景物上面去？这就须进一步看看舍人到底是什么官职。

唐代，除了上面提过的起居舍人，还有中书舍人和通事舍人。其中的中书舍人，职务是“掌侍奉进奏，参议表章。凡诏旨制敕玺书册命，皆起草进划，既下则署行”。原来臣下的奏章，皇帝的诏都要通过他的手；军国大事他都有权参加讨论，提出建议；诏书颁布时，还得由他签字画押。这种“侍从之臣”每天都要随侍皇帝左右，过问机密大事，其实际权力也就可想而知。

于是我们就不难理解，诗人描写这些宫苑风景，并不是为写景而写景。他的目的，是在烘托出裴舍人的特殊的身份地位。因为裴舍人天天随侍出入，所以上林苑的花鸟，紫禁城的晓阴，长乐宫的钟声以及龙池一带的柳色，无日不回旋萦绕在他的视听之中。只要写出这些典型是帝居色彩的景物，也就等于写出裴舍人的不同寻常的身份了。

现在，不妨再回头对比一下姚合那首七绝。谁的描写手法更高，更含蓄，更耐人寻味，更富于诗的意境？恐怕不需要再多说什么了吧！

归　雁

潇湘何事等闲回？水碧沙明两岸苔。

二十五弦弹夜月，不胜清怨却飞来。

好些诗人都有他自己偏爱的字眼儿。杜甫的“乾坤”“百年”“万里”之类，大家早已熟知。明代有些诗人学杜甫的，连这些词儿也照搬过去，不管是不是合用，于是也引起一些诗评家的不满，认为他们只是袭取了杜甫的皮毛，不当用的地方也硬套上去。可见对于名家惯用的词汇，固然未尝不可以适当汲取，使它受我驱使；如果只袭形式，不问恰当与否，反而会变成写作上的一种毛病。

为什么要说这段闲话？因为这位中唐诗人——钱起特别爱用鸿雁来造句，在他的诗集里，如“雁拂天边水”“客心湖上雁”“寒雁别吴城”“共羡雁南飞”“孤云带雁来”“雁宿常连雪”“回云随去雁”“数雁过秋城”等等，带“鸿雁”字样的句子，不下三十余处。甚至既已用了“传书雁渐低”，却又再用“天遥雁渐低”；既有“数雁过秋城”，又有“数雁起前渚”，不避雷同重复。很可以看出这位诗人对雁有特别的喜爱与敏锐的感受。

这首《归雁》诗以雁为题，但是它和一般就题铺演的“咏物诗”有所不同。比如说，郑谷的《鹧鸪》固然一向著名，然而别无寄托，仅以切合鹧鸪的生态和有关的典故见技。这首《归雁》却并不如此。

古人对于雁的生活的了解，一般来说还比较粗浅，以为雁在南方的归宿地是洞庭湖一带。所以雁和潇湘（潇水湘水汇合处，在洞庭湖南）经常连在一起提。衡阳回雁峰的得名，也和这种认识有关。诗的开头，正是说雁要回到潇湘的老家去。因为舍不得它走，所以用了“何事等闲回”的疑问语气。（“等闲”，平白无端或随随便便的意思。）

第二句，诗人就替雁做了答复，是因为那边“水碧沙明两岸苔”，风光明媚，水草丰美，不像北方的冬天冰封千里，难于安顿。杜牧《早雁》诗：“莫厌潇湘人少处，水多菰米岸莓苔。”也指洞庭、潇湘一带是适合雁群过冬的所在。

应该注意，这两句是作者假设的一问一答，并且是在追忆的时候，而不是在当场分手时候。这一层弄清楚了，下面两句才好理会。

三、四两句，正写雁南归以后诗人对它的忆念。“二十五弦弹夜月，不胜清怨却飞来”表达了这样一个意境：

一个明月之夜，诗人在月下徘徊，忽然从什么地方传来一阵乐声。倾耳静听，原来有人在附近弹瑟（瑟有二十五弦），瑟声抑扬疾徐，调子传出了一片悲凉怨抑的情调。仔细倾听，才听出是一曲《归雁操》。我们完全可以这样想象，正如在广东音乐《赛龙夺锦》里领略到端阳竞渡的热闹场面，在《春郊试马》中听到马蹄嘚嘚，想象出一片明丽春光那样，在《归雁操》里，诗人也同样听到嘹唳的雁声，想象它横空飞掠的身影。于是，诗人陡然觉得向潇湘南飞的归雁，又翩然回到自己身旁，并且向自己倾诉着什么心事了。

诗人从一曲乐章中勾起了这样的幻象，并非没有缘由。如果不是怀着对于这位“南归的朋友”的深挚思念，一曲乐章怎么能够引起如此悠远的联想，产生如此强烈的共鸣呢！

写到这里，如果读者提出这样的疑问：诗里的归雁，也许并非指真的鸿雁，而是比拟诗人的朋友吧？这个猜想不能说是毫无根据的。借物喻人，诗家常用，诗中既是如此深情款款，想来也应该是怀人之作了。

图书在版编目（CIP）数据

唐诗小札：今天我们怎么读唐诗. 上 / 刘逸生著. —广州：广东旅游出版社, 2019.8
ISBN 978-7-5570-1667-8

Ⅰ. ①唐… Ⅱ. ①刘… Ⅲ. ①唐诗—诗歌欣赏 Ⅳ. ①I207.227.42

中国版本图书馆CIP数据核字(2018)第294729号

出 版 人：刘志松
策划编辑：方银萍　龙鸿波
责任编辑：龙鸿波
装帧设计：谭敏仪
责任校对：李瑞苑　刘光焰
责任技编：冼志良

唐诗小札：今天我们怎么读唐诗. 上
TANGSHI XIAOZHA: JINTIAN WOMEN ZENME DU TANGSHI. SHANG

广东旅游出版社出版发行
地址：广州市越秀区环市东路338号银政大厦西座12楼
邮编：510060
邮购电话：020-87348243
深圳市希望印务有限公司印刷
（深圳市坂田吉华路505号大丹工业园二楼）
开本：787毫米×1092毫米　1/16
印张：15.5印张
字数：151千字
版次：2019年8月第1版
印次：2019年8月第1版第1次印刷
定价：49.00元